书人行脚

书人行脚

傅月庵 著

中 华 书 局

图书在版编目(CIP)数据

书人行脚/傅月庵著. – 北京：中华书局，2011.2
(2012.9 重印)
ISBN 978 – 7 – 101 – 07786 – 5

Ⅰ. 书… Ⅱ. 傅… Ⅲ. 随笔 – 作品集 – 中国 – 当代 Ⅳ. I267.1

中国版本图书馆 CIP 数据核字(2010)第 253587 号

书　　名	书人行脚
著　　者	傅月庵
责任编辑	李世文
出版发行	中华书局
	(北京市丰台区太平桥西里 38 号　100073)
	http://www.zhbc.com.cn
	E – mail:zhbc@zhbc.com.cn
印　　刷	北京瑞古冠中印刷厂
版　　次	2011 年 2 月北京第 1 版
	2012 年 9 月北京第 2 次印刷
规　　格	787×1092 毫米　1/32
	印张 8¾　插页 8　字数 120 千字
印　　数	6001 – 8000 册
国际书号	ISBN 978 – 7 – 101 – 07786 – 5
定　　价	32.00 元

目 录

京话·签证·开

　　　　二〇〇二年十一月二十九日　星期五　天气阴

　　读毕姚颖所著《京话》。此书收入上海书店"民国史料
笔记丛刊",记录一九三〇年代国民政府奠都南京时种种
政坛花絮、宦海逸闻。作者时任职于南京市政府秘书处,
深悉旁人所不知之内幕,笼总写来,初发表于《论语》半月
刊上,幽默讽颂,颇有看头。书中有几趣事,值得一记:

　　一、一九三三年秋,"中山陵园近忽有豺狼为患,上月乡
中某姓小孩,竟为所噬。现陵园警卫处招集猎户,实行扑灭,
曾以羔羊两头,系于四方城下,意欲诱杀之"。

　　二、一九三四年春,"监察院三周年纪念,该院某君宴某

某委员于浣花川菜馆。席次,某君引前清某御史言曰:'上焉者,民生国计;中焉者,寻及苛细;若我辈者,不敢放屁!'一时哄堂大笑,咸赞其引用得体"。

三、一九三四年夏,"报载,鄂豫皖三省剿匪总司令部以豫匪张学良与副总司令张学良姓名相同,通令各部队,将匪名改称为'张学狼'"。

四、又据所附《新京话》,一九四七年冬,"美国朋友送我们巨型玳瑁一只,重逾四百数十斤,用意何在,则不得而知。运京后不知是哪位大人的卓见,即放在中山陵墓旁供人参观"。

十二月一日　星期日　天气阴

"胡金铨问许鞍华:'影片里出现两列火车,一列从左边飞驰而来,一列从右边飞驰而来,终于迎头相撞了。导演要让观众看到其中一列车的火车头正面冲到观众眼前,轰然巨响,碎片四溅。换句话说,等于火车撞上摄影机的镜头。该怎么拍?'许鞍华和我们几个人还没有想出答案,金铨说:'用一块大镜子竖在火车轨上,让火车撞上那面镜子,而摄影机则在一边对准镜子里的情景开拍。效果会很真,惊心动魄!'"——这是董桥追忆导演胡金铨的一段话。北美馆台北双年展有一大陆作品名为"砸碎镜子",作者宋冬就是用这手法,把广场、北京胡同、大小街道行人,砸了个粉碎!

十二月二日　星期一　天气晴

一、时序入冬,岁云暮矣。翻读《徒然草》,又见"于不得常住之世,而待老丑之必至,果何为哉!寿则多辱。至迟四十以前合当瞑目,此诚佳事也"云云,触目惊心!

二、闲逛光华商场,购得《我们这一代》摄影集一册。大陆肖全摄影、撰文,中国电影出版社一九九六年版。所收录类皆作家、画家、摄影家、摇滚歌手等肖像照。创作立意、摄影手法,都让人想起谢春德那本《时代的脸》。于此书初睹已故诗人顾城影像,眉清目秀,大眼丰唇,生成富贵公子模样,实在很难想像日后竟会手刃妻子情人后,自戕早夭。

十二月三日　星期二　天气晴

与友人约吃晚餐。早到一个半钟头,无聊闲逛捷运大街,于六十九元书摊购得久大文化早经绝版的《从〈蓝与黑〉到〈暗夜〉》,颇乐。此书初版于一九八七年,讨论"三十年来的畅销书",撰文者包括高信疆、杭之、王文兴、蔡源煌等人,自是值得一读。友人自美返台办学生签证,本以为当经折腾,谁知一试即过,既兴奋又莫名其妙。几人同桌边吃喝边讨论,戏称最可能的原因有二:

一、签证每天有驳回配额,规定非打回票多少张不可。当日轮到友人,值逢配额用尽,所以好狗命过关。

二、美国人只挡三十岁以下美貌未婚女子,四十岁以上容貌责任无法自负者,即使未婚,也一律放过关。

友人大笑,再提一未解疑问:对方还问我有无未婚夫,到底答"有"还是答"无"为佳?归途于车上细细忖思,最佳答案当是:"有,不过刚死了!"

十二月四日　星期三　天气晴

书友文自秀"何妨一上楼书坊",今日终于开张。下班后转往一游。店位于七楼,装潢颇雅书颇有,从头到尾点检一过,边看边听主人与人闲聊:"我告诉他,书店以鲁迅作品为主。鲁迅你认识吗?对方回答什么,你猜?""喔,什么?"

"他说,当然认识呀。小学课本就有,漂流到荒岛那个嘛。"——鲁迅翁地下有知,大约又要作诗了。此日购得谢在杭《五杂组》(上海书店)、老舍《正红旗下》(人民文学)、周作人丰子恺合著钟叔河笺释《儿童杂事诗图笺释》(中华书局),已去旧书得补回,心情颇佳。

时报·围棋·嫖

十二月五日　星期四　天气阴

　　早晨阅报,《中国时报》头版刊出道歉启事,表示昨日所刊新瑞都苏惠珍四百五十万元支票流向,乃陈水扁市长选举政治献金云云,造成"总统府"困扰,特此致歉。此事殊有可怪者。阿扁"宁可不要政府也要媒体"言犹在耳,却迅开"总统"告媒体之先例,毫无宽容可言,其讲话诚意如何,即此可知。《中国时报》方面,消息查证不周,即大肆报导,草率在前;新闻既出,稍经恫吓,立刻道歉噤口,自失立场于后。昔日李敖老爱嘲笑国民党"民主无量,独裁无胆",《中国时报》今日作为,大约可说是"学一流(《纽约时报》)无能,学三流(《太阳报》)无胆",遮遮掩掩,首鼠两端,又要偷汉子,又放不下贞节牌坊,无怪乎报份直直落,月月亏损无起色。人间已无余纪忠,哀哉!

十二月六日　星期五　天气阴

一、茉莉书店老板娘有事找。一去才知要我帮忙看一套线装本二十五史来历。一眼看去,立刻认出这是一九五七年为了庆祝蒋介石七十岁诞辰,根据元大德本重刊的所谓"延寿本"二十五史。白口棉纸,封面有寿字图案,装帧印刷均佳,当年印数有限,流传不广。最近却曾二见。旬月之前,公馆旧书城老板曾收得一套,品相极佳,旧主人特订制八口木箱,以便保存。四四相叠,恰成两柜。书好柜雅,让人心动。老板要价公道,因款项颇大,思索整夜,隔午痛下决心要买时,竟已被一名台中来客捷足先登矣。此次再见,却无木柜,且要价更昂。曾经沧海难为水,再无收藏兴致矣。

二、晚间拜访"古原轩",晤谈甚欢,老板邱先生乃台大历史系学弟,为人忠恳勤奋,有心经营旧书家业,极难得。听伊缕述昔日光华商场种种,乃至旧书浮沉、业界秘辛,大有白头宫女话天宝之概。此夜购得《美食与毒菌》、卡波堤

《第凡内早餐》(皇冠版,云菁译本)、村上龙《半透明蓝》
(领导版,黄也白译本)、《陈世骧文存》、侯榕生《家在永
和》、《八指头陀诗集》及日文本吉川英治《我之外皆我
师》、石森章太郎漫画《宫本武藏》。聊得愉快,买得痛快,
真真不负周末夜!

十二月七日　星期六　天气晴转阴

一、北高市长议员选举投票日。下午陪小外甥看《哈利
波特》电影,敝人边看边打瞌睡,不甚了了,他却入神忘我,
大声叫好。晚上回家看开票。国民党没赢,民进党没输。新
党浴火重生,亲民党颇受挫折,台联党几乎全军覆没。这次
选举,该教训的已教训,人民可以说赢了。唯一大输家,看来
看去,还属《中国时报》。

二、读 James H. Mann《转向——从尼克森到柯林顿美中
关系揭密》,大佳。此书与纪思道夫妇《惊蛰·中国》、包德
甫《苦海馀生》合观,则三十年来中美关系上层结构波动所
引起下层结构变动全景,大约可得矣。这三书作者都曾担任
《纽约时报》、《洛杉矶时报》驻北京特派员,学养俱佳,与岛
内天天上电视讲八卦扯内幕还自以为善尽媒体天职的记者

相比,简直天壤云泥之别!

十二月九日　星期一　天气阴

一、今年最大寒流来袭,气温骤降,街风大作,迎风行人个个冬衣臃肿,缩颈而走,很像快步乌龟。

二、有史以来最伟大的围棋师父当属与吴清源齐名,有"鬼童"之称的日人木谷实,他的木谷道场所培养出来的弟子段数超过二百段;最伟大的围棋弟子则非武侠大师金庸先生莫属,他一生到处拜师学棋,所有师父段数加总起来,也超过了一百段!更有趣的是,金庸每拜师都坚持行跪叩大礼,搞得林海峰、王立诚、聂卫平这些后辈老师,既感动又不好意思。这是聂卫平自传《围棋人生》,沈君山的序文里说的。

十二月十一日　星期三　天气晴

早起乱翻书。辜鸿铭《张文襄幕府纪闻》"为人"一条说:

"《牡丹亭》曲本有艳句云,一生儿爱好是天然。此原本于《大学》如好好色之意。余谓,今日人心之失真,即于冶游、赌博、嗜欲等事,亦可见一斑。孔子曰,古之学者为己,今之学者为人。余曰,古之嫖者为己,今之嫖者为人。"

这个怪老头儿,果然有趣得紧!然则因此知道,他的蓄妾、爱小脚,都是为人不为己喽。呵呵。

东坡·中年·双十二

十二月十二日　星期四　天气阴

一、关于十二月十二日，有两个记忆。一是北一女的校庆，许多年之前，青春之门初开，有两个女校的校庆，都会偕同一堆同学去"朝圣"。冬天的北一女跟春天的铭传商专。去了倒也没什么搞头，就是陪人（有"马子"念这两校的人）凑热闹，一间接一间教室吃喝玩乐，花钱逛园游会。很奇怪的是，记忆中每次到这两校，总是阴雨绵绵，湿答答的，大约跟不太精彩的笨拙青春有关吧。

另一个记忆则是关于高雄美丽岛事件。专四那年十二月十日爆发美丽岛事件，有位学长正好当宪兵，据说也被打得头破血流,消息传回学校,也不知真假。但隔几天朝会时的集体表态声讨,却成了重要依据,上台者个个义愤填膺,口号满天飞(记得还有人喊"消灭万恶共匪",实在搞不清那逻辑是怎么来的)。当时报纸放得最大的一张照片,大概就是跪在地上,苦苦哀求"暴徒"们不要再打的那位妇人了。事隔这么久,时转势移,不晓得她跟我那位宪兵学长现在都怎么样了。也是当时的事,施明德逃亡后,全岛大通缉,悬赏金高得吓人。有一天,一群同学到西门町看电影,突然有人说他看到施明德了。大家笑他想钱想疯了,笨蛋才会躲到这里来!没想到几天后,施明德真的在汉口街落网了。关于那个冬天的记忆,也是灰蒙蒙,一片寒流来袭的模样,大约又是跟不太精彩的笨拙青春有关吧。

二、夜读王朔《顽主》(风云时代),所谓"痞子文学"代表作。不好。"王吧主人"的小说,看到现在,最好的还是《我是你爸爸》(麦田),跟那本对话录《美人赠我蒙汗药》(长江文艺)。有人说《看上去很美》(大块)不错,因为还没看,因为他的作品之间落差颇大,还是先存疑,看过再说!

十二月十三日　星期五　天气晴

今年第二个也是最后一个"十三号星期五",果然不太

吉利,腹痛在家休息。翻读《东坡尺牍》,发现坡老甚爱"呵呵",例如:

"某虽窃食灵芝,而君为国铸造;药力纵在君前,阴功必在君后也。呵呵……"

"婢去久矣,因公复起一念,果若游此,当有新篇。果尔者,亦当破戒奉和也。呵呵……"

"儿子比抄得《唐书》一部,又借得《前汉》欲抄。若了此二书,便是穷儿暴富也。呵呵……"

坡老这一用语,大约跟习禅有关,兼以天性豁达,吃不开时每每看得开、想得开,所以才能逆来顺受,不时一笑呵呵。其《题己照容偈》云:"心似已灰之木,身如不系之舟。问汝平生功业,黄州儋州惠州。"即可约略看出这种"深刻的豁达"之性格。

十二月十五日　星期日　天气晴

下午乱看电视,偶然竟转到威廉·赫特所主演《意外的旅客》一片。此片原著小说出自向来喜欢的 Anne Tyler 之手,说是她的成名作亦不为过。Anne Tyler 是属于《巴尔的摩》跟《中年男女》的作家,写了一辈子,背景跟主角,总不出这二者。人到中年转哀乐，Anne Tyler 捕捉中年人那份时不我与的惶恐哀愁、患得患失的厌倦疲顽、冷眼看世事的自我嘲弄，格外精微细腻。前些年，岛内引进他好几本小说，像《补缀的星球》(皇冠)、《岁月之梯》(方智)、《生命课程》(方智)、《乡愁小馆的晚餐》(方智)等，在海外都是畅销大作，岛内却似乎回响有限。大概台湾的中年人都爱看《壹周刊》，不爱看小说吧！呵呵。

十二月十七日　星期二　天气晴

一、天气好得不像话。颇想清理办公室的鱼缸。细看发现，孔雀鱼几经繁衍，总数已超过六七十只矣。大的易捞，小的难捕。万一不幸"倒脏水连鱼儿都倒掉了"，那可不妙。但此刻不清理，异日还是有小鱼新生，代代相继，小大交错，何时才是最好的清理时机？一下子竟也说不上来。伤脑筋的事哩！

二、晚上翻读张舜徽《爱晚庐随笔》(湖南教育)，《朱子语类录要》篇有一则论"敬"与"诚"：

"敬是不放肆底意思，诚是不欺妄底意思。诚只是一个实，敬只是一个畏。妄诞欺诈为不诚，怠惰放肆为不敬，此诚敬之别。"

这句话，真是值得台面政客好好读读想想。民主的好，是好在人人有发言权，有话就可说；权力的好，是好在事事由我不由人，老子说了算。但也正因为如此，前者易流于肆无忌惮，喊爽赚爽就好；后者易流于无所畏惧，敢的拿去吃（闽台方言，意为够狠才成得了事）。不诚不敬，所以"船过水无痕"，所以"头过身就过"。让人看得怒火中烧，却又无可奈何。真能叫这些人读得下、想得清《朱子语类》这种书吗？看看阿扁"总统"，想想秀莲女士，我不相信！至于等而次之的，连相信都不用想！

冰雹·万象·冷

十二月二十日　星期五　天气阴雨

　　昨晚天象诡异。夜读时听到南方隆隆声起，天空且不时迸出光亮，让人不禁想起欧阳修《秋声赋》所称"忽奔腾而砰湃，如波涛夜惊"句。前日出现少见的"腊月冬雷"，早引得议论纷纷。今早看电视才知，中南部不但狂风暴雨还挟带冰雹疾袭，许多农作物被摧打得满目疮痍。画面中有一老农手拿圆锹铲移成堆冰雹，确是生平首见。夜里又得知，广东不但大雨滂沱，还有龙卷风起，所落下的冰雹竟有重达三十公斤者，莫说打在人体，就是一般屋顶也承受不住。无怪乎大小官员又要忙着下乡视察了。清初屈大均《广东新语》称：

"吾粤盛阳之地,阴气不凝。当寒时不结而为冰,则当暑时不散而为雹。"时移势转,公害污染;人自造孽,地气窜散,如今"阴盛阳衰",广东十二月,也只好任由风吹雨打雹满头了。

十二月二十二日　星期日　天气阴

一、到办公室加班。收到十二月号《万象》,此辽宁教育出版社所赠杂志,每月一期,内容多与书籍阅读有关,作者涵盖大陆港台最会写文章的女士先生们。其属性类如上世纪九十年代中期前,三联书店所出之《读书》杂志,三十开本,薄薄百馀页,总让人读得爱不释手。诚品《好读》与之相比,高下立见,大约就如友人戏言:"大而无当,更加不好读了。"事实上,幕后策划此杂志的沈昌文先生即前《读书》主编,实际担纲编务则是集精明洒脱于一身,见多识广,素有才子名的上海《文汇报》陆灏君。此期撰稿者包括张承志、李黎、朱天文、陈巨来、康正果、林行止、黄裳、鲲西等。选看了张承志的《鲁迅路口》跟黄老的《清代板刻风尚的变迁》两文,通体舒畅,因稿务在手,不得不喊停,收入书包,当作本周捷运粮食。

二、下午工作毕，闲步书店乱逛。买书一批：《细菌战》（时报）、《自由主义之后》（联经）、《说吧，中国》（香港牛津大学）、《神农本草经》（台湾中华书局，聚珍仿宋版）、《铁道员》（尖端）、《乔伊斯偷走我的除夕》（九歌）。常被母亲骂："买这么多书，看得完吗？"我总笑一笑说："只是为了要看，就不用买了！"——浮生梦欺书不欺，情愿生涯一蠹鱼。心中事，大约如是！呵呵。

十二月二十四日　星期二　天气晴

平安夜。傍晚到微风广场纪伊国屋书店买小学馆新出、厚如砖头的新书图典《江户时代馆》。此书详解江户时期庶民生活、幕府体制、岁时纪事、食衣住行育乐……图文并茂，几乎就是一本"江户大百科全书"。昨日好友告知此书特价优惠中，今天迫不及待前来一观，眼见纸佳图好印刷精，虽然要价近四千元，还是忍痛买下了。除了自己欣赏，明年中，着手日本好友新书《江户日本》编务时，亦不可少也。

久未逛纪伊国屋，四下游荡，几个平台处处都有宫本武藏身影，细数包括漫画、图文书、文字书，共有新刊十二种，声势颇吓人。此当与明年 NHK 大河剧选播吉川英治名著《宫本武藏》有关,人人抢搭影视列车,恰好证明日本出版还是很不景气。

十二月二十五日 星期三 天气阴

下午起,冷气团南下,气温直直落,走在路上,风吹头脸,竟有大寒意。前日新闻报道,北京连下十多天大雪,创百年未有之记录。想及新年初将赴京公差,不免一阵寒意更生更起。多年前隆冬初访北京,"铁齿"不穿卫生长裤,日暮步行穿越天安门广场,但觉风如刀割,冷到极点。返回旅馆热浴前才发现,微血管不抵刺骨寒风而破裂,大腿竟有细细血丝渗出,真是骇人!

晚间翻读漫画《铁道员》,此为浅田次郎名篇,曾搬上银幕,由向来最爱的高仓健主演那位执著工作、不近人情的老铁道员。当时因事忙,未曾观看。今日获睹这部漫画,绘者永安巧无论分镜、笔触均臻上乘,让浅田于《后记》里感佩地说:"有一尊看不到的无形美神在保佑着","这所有简直就是我想像中的《铁道员》",也总算慰情聊胜于无了。

浅田次郎素来会说故事,虽然不免有些造作,但因为实在太会讲了,反倒让人甘心耽溺在他的多情笔触下,而不管故事逻辑与乎可能性了。他的作品，译成中文的，除了小知堂的《月之滴》，就是实学社的《慈禧秘史》了。他会写像《铁道员》、《情书》这样赚人热泪的小说，透过电影、漫画，台湾读者多有耳闻。他也会写历史小说，并且是以《珍妃之井》一书蜚声日本，确立文坛地位，知道的人恐怕就不多了。

剖绘·芭蕉·笑

十二月二十六日　星期四　天气阴雨

阴雨潮冷,冷气团来来去去,萧索中冬象更显,岁暮矣。

连看了几日,终于把约翰·道格拉斯(John Douglas)和马克·欧尔薛克(Mark Olshaker)的《破案之神》Ⅱ看毕。这是两人合作的几本名著之一,其馀几本,分别是《破案之神》Ⅰ、《黑暗之旅》、《恶夜执迷》、《从哈佛来的大学杀手》。道格拉斯是前美国联邦调查局干员,也是大名鼎鼎的"行为科学组"(Behavioral Science Division)创始人之一。"行为科学组"最大的成就是经由访谈全美各监狱的连续杀人犯(Serial Killer),分析归纳其犯罪动机、作案手法,从而得出凶手特征、人格特质的"剖绘"(Profiling)技巧。我们在电影上常见到连续杀人事件接连发生,警方一筹莫展,不得不求助匡提科(Quantico,弗吉尼亚州联邦调查局所在地)的 FBI 干员。接着神探到场,经由现场探勘、搜证,没多久便得出类如"三十五岁到四十七八八岁白人男性,体型很瘦或劲健,个性孤僻,内向,可能沉迷于色情刊物。小时候有尿床习惯。家庭破碎,有一个支配欲很强且过于保护他的母亲。从事水电或木匠工,未婚,现在仍与母亲或姊妹同住"这样详尽的描绘,按图索骥破案后,凶手特征,果然一一如其所言。事实上,电影《沉默的羔羊》故事所本,便是由这一个类型而来的,所找的顾问,道格拉斯便列名其中。

几年前读过《破案之神》Ⅰ后,即对此神乎其技的"剖绘",大感兴趣。把道格拉斯所写的书搜罗殆尽,看了个饱。后来又往外延伸,看了几本同类书籍,才发现,这个类型阅读市场,竞争还颇激烈,且似乎有些同行恩怨哩。如最早创立"行为科学组"的另一位名探罗伯特·雷斯勒(Robert K. Ressler)退休后也以其生涯经验,跟汤姆·沙其曼(Tom Shachtman)合写了《世纪大擒凶》、《沉默的怪物》等书,也颇轰动。两人原本是出生入死的同事,交情不恶,成为作家之后,经常上电视,巡回演讲,到处担任警方顾问,无论名利皆有冲突,互相踩了脚,最后感觉似乎都对对方有些怨怼,不太愿意提起彼此姓名了。等到另一位洛伊·海兹伍德(Roy Hazelwood)也找来一位写手史蒂芬·米萧(Stephen G. Michaud)如法炮制,贩卖公务生涯之后,竞争就更激烈了。不过,在中文世界里,由于道格拉斯译本最早最多,且都由时报、天下这种大出版社出版,相形之下,由"台湾先智"跟名不见经传的柯尔文化事业有限公司出书的雷斯勒便吃大亏了。海兹伍德则出书较晚,且只有一本,影响较小。看来看去,真对连续杀人魔、剖绘、匡提科 FBI 行为科学组来龙去脉有兴趣的中文读者,还是得先看道格拉斯才行。

十二月二十七日　星期五　天气阴雨

寒夜读芭蕉,杭州大学陆坚跟日本关森胜夫教授合著的《日本俳句与中国诗歌——关于松尾芭蕉文学比较研究》。此书以中国诗词跟芭蕉俳句互为比证,清新多识,大佳。例如解芭蕉夏蝉名句"寂静似幽冥,蝉声尖厉不稍停,钻透石中鸣",译文格式、意象都恰如其分,丝丝入扣。引王籍《入若耶溪》"蝉噪林愈静,鸟鸣山更幽"及杜甫《题张氏隐居二首》之一"春山无伴独相求,伐木丁丁山更幽"句评比,大见功力。再以王安石《葛溪驿》"坐感岁时歌慷慨,起看天地色凄凉。鸣蝉更乱行人耳,正抱疏桐叶半黄"反比,则只能以"极高明"形容了。

十二月三十日　星期一　天气晴

偶然买到书几本。《诗境浅说》,台湾开明一九五三年版,著者题俞陛云,书前序有"德清俞陛云识"等字,判断系俞平伯所著,戒严时代为掩人耳目,以字代名。是否即是,有待追查。(按,《诗境浅说》,确为俞陛云著,俞陛云为俞平伯之父。)

《宋诗别裁集》,清张景星、姚培谦、王永祺选编,收录宋诗六百四十五首,一九七七年香港中华书局据乾隆二十六年诵芬楼刊本缩印,小楷娟秀,雕版精雅,即使是影印缩本,仍难掩其四射光华。黄裳先生屡称清刻自有其可观之处,此书即一证。此本原为台湾师范大学国文研究所藏书,未经作废即流落书摊,想来又是不肖师生之杰作。

《小知录》,清陆凤藻辑。陆氏积学嗜古,博览群书。从正史、野史、笔记、小说、文集、类书中,纂辑大量鲜为人知的典故、名物、语词，一一诠释考证，十分有趣。顺手翻阅，几个怪异名词如"千岁宝掌"（和尚名）、"金光流精"（雷神）、"语忘敬遗"（胎产神）、"赶浪神木"（水怪）、"孤松一枝"（书法品等）、"龙腾却月"（阵法），这种名号，让人一看就联想到北美印第安人"与狼共舞"、"风中拳立"的命名方式哩。呵呵。

二〇〇三年一月一日　星期三　天气阴

新年元旦，无甚感觉，还是冷。中年如下坡，想到时不我与，离死渐较离生近，过起年来，大约都难提得起劲搞"倒数"、"跨年"、"狂欢"了。下午到信义路采购御寒衣物，以便"反攻大陆"赴北京之用。晚间于师友饭桌上听来二则新年新笑话：

一、某科技大学历史教师，毕业自台北盆地北边山上大学博士班，不听人劝，一意孤行，打死认定契丹，即金庸小说人物乔峰他们那种族必定根源自"黄河"。原因是辽人多姓"耶律"，而耶律者，Yellow 也，这深层关系，黄河就算跳到长江也别想洗得清！

二、普林斯顿中国文学教授 Perry Link，专研民初"鸳鸯蝴蝶派"小说。西洋无"鸳鸯"一词,乃自译此为"Beijing Duck and Butterfly"。大陆有人将这书翻成中文,这一句译成了"北京鸭与花蝴蝶"! 这一笑话等级,比洋学者把"赤脚大仙"的"赤脚"译成 Red Foot 还够力。大约跟台湾学者的"牛奶路"(the Milky Way)差不多了。

北京·书市·游

一月四日　星期六　天气晴

上午十一点三十分自桃园起飞,下午六点三十分抵北京,出关转车至寓所,八点过矣。前后费时超过八小时,舟车劳顿,飞上飞下,危险陡增。三通不通累死人,此即明证。北京夜温颇低,在摄氏零下十度左右。车行机场高速公路,路外积雪犹存,成排白杨树则皆已落叶,只剩光秃枝条。"白杨起悲风",据说指的就是北风过树,飕飕作响,发人悲思。可惜车窗紧闭,什么也听不到。夜间虽开电热器保暖,却因为空气干燥,起身数次。窗外有眉月一线,照临白雪一片的开阔高尔夫球场,临街偶有车声驰过,划破寂静。很难想像,就这样,又重访阔别半年的北京城了。今月曾经照古人,想起袁宏道、龚自珍、谭嗣同、鲁迅……,或都曾看过这样的天空,黑夜里,心底竟漾起一种奇异的感觉,仿佛探底碰触到了所谓"文化积淀"的东西了。

一月五日　星期日　天气晴

晨起早餐,吃的是台湾来的永和豆浆,速食连锁店,豆浆地道够浓,小笼菜包以雪菜拌玉米粒作馅,只能说新鲜有趣。九点抵京丰宾馆。明明是二渠道订货展示会,入门彩色塑胶充气拱门却还得挂着"出版研讨会"字招好掩耳盗铃,上有政策,下有对策,这是大陆心照不宣、公然作"贼"的方法之一(会场内假"艺术人像"之名的三点全露写真,也是一种)。呵呵。

今日再当"客房巡阅使",一天下来,看过了百馀房间,新书与十月份福州书市相去不多,整体印象是:

一、大家都在打游击战,都在赌一本畅销书,不见整体战力。

二、主渠道出版社非常支持编辑工作室,两渠道行销交融,早晚会成形。

三、盗版与跟风依然严重,两事不整顿、自觉,二渠道发展有限。

会场上碰到上海季风书园小宝兄,数月不见,更见抖擞,腊月天里居然理了个大光头! 送他新书一本,他非常高兴,坚持还要再聚喝酒聊天。晚间在"烤肉宛"吃饭,啤酒很好,虾鱼不行,烧饼烤肉都见功力,但相信已不是梁实秋、唐鲁孙先生笔下以松枝烤就者矣。

一月六日　星期一　天气晴

昨夜步行归家,颇冷,有些受冻。今早看新闻,才晓得昨夜气温在零下十二度,只差几度就破了前年也是在北京所经历生平最低的零下十五度了。早上到北京商务会馆,继续看二渠道出版品,此宾馆展示杂志。人潮较疏,不像昨天人挤人,因此得以细细观看。大陆杂志水准,与台湾还有一段距离,也努力在追赶,有许多青春杂志,显然中港台之毒颇深。如:

《TO HEART》。定位为"女孩纯情感交流月刊。风趣、成熟、泼辣",专栏包括"美眉一家亲"、"心情秘密蜜"、"完美急救室"、"GGYY 留言板"。

《姊姊妹妹谈心志》。定位为"全国美眉啦咧必读麻辣鲜书",专栏有"怪喀的秘密花园"。

《男生女生》。定位为"玩乐白皮书,无数次亲密接触"、".com时代,我们要尽情地玩、尽情地乐,我们要用时代赋予我们的权利,打造属于我们自己的玩乐白皮书"。

《青春红绿灯》。定位为"情事性事青春事,事事关心;红灯绿灯霓虹灯,灯灯闪烁"。

最让人吓一跳的是近年异军突起,卷起千堆雪的中信出版社插手杂志事业,办了个《新电影新状态》,定位是"Dream Pushing Life,梦想推动生活"。封面非常煽情,文案更是耸动:"宝贝儿什么最爽"、"影史最爽电影高潮一百次"。看到比人高的海报上烟视媚行的清凉宝贝儿,再想到"具有中国特色的社会主义市场经济"说法,不禁哑然失笑。

午后到琉璃厂买书。文化遗产书店犹留老北京遗风,店员招待亲切,奉茶招呼,宛如家人。东抓西抓,又要寄回一大箱书了。邃雅斋中国书店即将改建,下回再来,或许看不到了。在旧书部买到一套刚刚上市、线装影印的《明永乐内府刻本金刚经集注》,印刷装帧都好。最高兴的是在海王村买到丁福保上海医药书局一九一七年所刻的《士礼居藏书题跋记》、《士礼居藏书题跋记续编》，虽是民国刻本，但品相甚好，全套完备，亦聊足慰情矣。前日才写过黄丕烈书魔生涯，今日即逢此书，真可谓"书缘殊胜"了。

一月八日　星期三　天气晴

连日天气放晴，气温上升，街道积雪渐消融。所住公寓在十四楼，二位大娘分班管理电梯，早晚进出，几日下来也都熟了。天寒地冻，镇日守住一部电梯换取微薄薪资，实堪怜。今早进电梯，大娘在翻弄新到寄卖的报纸，忽然指着一字问我，这字是啥？我赶忙回答。大娘道谢后腼腆笑说："不识字真是不方便呀。"听后心里一阵酸恻，竟想起了千里之外，故乡友人文章里那位也不识字的母亲……

午后到王府井新华书店朝圣。此书店历史悠久，算得上是北京地标之一。即使面积更大、种类更多的西单图书大厦开幕后，亦难夺其风采。上世纪九十年代，初访北京，此书店还是灰蒙蒙四五层楼建筑。书架不开放，看中哪本得请店员拿下，才能试阅。结账时，计价排队一次，缴费排队一次，取书排队一次，排得人发昏。整间书店，书不多，聊天的店员到处都是，并且很凶很势利。有位学长，因为店员看他穿着不怎么样，硬是不肯取下一本高档图册给他看。火大之馀，干脆将该柜书籍通通买下了！时过境迁，如今改建成大楼，仿如书籍百货公司，随看随取随买，结账便利，账单连书名都一一列印，比台湾还周到。抚今感昔，一梦堪笑。大陆人几乎都说改革开放好，未必不是真心话！

一月九日　星期四　天气晴

春季订货会第二天，会场人声鼎沸，多半书籍与福州书市相去不远。同行好友解释，每年十月的全国书市，其定位主要是"展示"，所以很多都还是假书。到了一月的订货会，正式印刷出版，就可接受订货了。二会书籍品种相去不远，订货金额却有天壤之别。有些出版社，光是春季订货会的业绩，就可占全年近半营业额。

中午，草原部落编辑工作室主人请吃涮羊肉，店名"小肥羊"，内蒙古人所开的全国连锁店，汤头颇佳，"不蘸酱"是其特色。同席有上海季风书园友人、榕树下网站主编等，闲聊大陆民营书店种种，发现"八九"之后，因案无法于正途发展的参与者，许多人都下海开书店，搞二渠道出版，今天且多已成为一方角头。九十年代后期，大陆出版业红火一片，这些知识分子的加入煽动功不可没。

今日抽空游报国寺。此寺原为顾炎武祠堂,后来成了古玩市场,也是潘家园之外,北京最重要的旧书市集。每周四定期摆摊,其氛围颇类似日本京都北野天满宫的跳蚤市集。闲逛一过,大有收获。最重要的一本是,鲁迅翁《呐喊》初版二十刷本,大红封面、"乌合丛书之一"与版权页鲁迅印章等,在在证明此书确为原本。此本原属华北大学图书馆藏书,外加青色布面精装书套,毫不显眼,或许因此成了漏网之鱼。随手取翻之时,越看越兴奋,直觉不可思议。经询售价,老板忙着玩象棋,眼都不抬地说:一百五十元!听后再吓一跳,什么,不到台币七百五十元? 动心时却还记得不动声色,就地还价一百元,没想到老板也答应了。心里实在不敢再杀价,以免对不起鲁迅翁。银货两讫后,急忙收入书包最底层安放。这书,五百元我也敢买! 有此缘遇,此趟北京行,值回票价矣。

一月十一日　星期六　天气晴

上午出发逛潘家园,与前日相比,收获不大。稍堪值得一提的是,买到夏承焘先生《天风阁学词日记》,终于一解五年前只买到《天风阁学词日记》（二）的遗憾，凑成套了。闲逛随俗买了一张"文革"时宣传版画，红彤彤一片，武装解放军姿势雄壮，"我们一定要解放台湾"字样，触目而不惊心，只让人徒增感慨而已。另一本红宝书《毛主席诗词》，书前还留有林彪题字，颇少见。老板要价颇高，几经争讨，最后降了一点，还赠送毛泽东全身、半身黑白彩色小照各一张。

下午，赴万圣书园购买新书，又是一堆。此处不帮忙寄书。开始担心这一大堆新旧书，毕竟要如何带回去了。

一月十二日　星期日　天气晴

旅途渐近尾声。最后高潮，搭火车赴石家庄，拜访河北教育出版社并逛旧书市场。软座车厢，上下两层，干净舒适。车行亦快，沿途乡镇风光颇不恶。田畴沃野，一望无际，大异岛国之趣。见景思词，毛泽东"问苍茫大地，谁主沉浮"句，果然有凭有据！

石家庄离北京一百馀公里，车行二小时馀，街容、交通颇脏乱，与"申奥"成功的北京直不可同日而语。古玩市场也漫无章法，档次不高。许多书店都以卖二手新书为主，某家且于店门贴招"三元一斤书店"，让人一下子想起前日在网路流传,高雄某"三斤一百元"书店。论斤卖书,两岸同步,证明书店生意确实不好做!闲逛数小时,买了不少书,少有值得一提者。倒是同行友人,偶然买得二十年代商务印书馆万有文库本周作人所译《日本现代小说选》(三册,其中有五篇为鲁迅翁所译),为前此所未闻未见者,品相佳,要价低,算是一大收获。

下午搭车抵北京,夜幕已低垂,吃完饭回到居所巷口,抬头望明月,眉月转弦近半满,已是离家第九天了。京华烟云披满身,不觉稍稍有些累了。

一月十三日　星期一　天气晴

中午抵机场,惊觉班机被取消。幸而来得早,补上更早班机,风尘仆仆,辗转返家。下午七点后出桃园机场,大力呼吸湿潮空气,连日干燥的鼻孔获得滋润不少,脑筋也清醒起来了:没错,这里才是我的家!

三重·尾牙·毛

一月二十三日　星期四　天气阴

　　夜与友人相聚,席间谈及消费信用卡借贷。友人来自韩国,在台落地生根,笑称现时韩国年轻人结婚,一要准备一笔美容费,供新娘整形之用;二要彻查双方信用卡记录,以免嫁娶到一个大债洞。韩国由于消费信用卡发行过滥,据说每个年轻人都背负台币七八十万的债款。"韩国当局吓坏了,认为很可能造成第二次金融危机。正在紧缩办卡资格跟程序。"友人话锋一转:"我们现在却大张旗鼓,鼓励现金卡,还说什么借钱是高尚的行为。借钱有什么好高尚的?"大家议论纷纷,一时苗头又对准六七年级生,"好逸恶劳"、"吃不了苦头"、"不知在想什么"之类的批评都出笼了。今夜讨论主题之一是"教育",谈了半天,这些大人总算也承认,教育这样乱改,难怪年轻人无法建立"中心思想",只能随波逐流,跟着消费走了。年轻人不行!多半大人跑不了责任的。

夜读陈香编著《台湾竹枝词选集》,中有连横《稻江冶春竹枝词》二十四首,其中有咏三重者:"二重埔接三重埔,万顷花田万斛珠。谷雨清明都过了,采花曾似采茶无。"卅载寓居三重地,"黑道渊薮"之名常盖头。这首竹枝词总算扫却乌云若干,此地原来也曾有好景怡人,只是无论如何都想不出来那会是怎样一种景况了。"万顷花田万斛珠",不过八十年前的事吧,欲觅无踪谁解得?呵呵。

一月二十四日　星期五　天气阴

午饭后,闲逛旧书店。购书一批:王力雄《天葬——西藏的命运》(明镜)、苏珊·桑塔格《疾病的隐喻》(大田)、费振钟《堕落时代——明代文人的集体堕落》(立绪)及明代徐长孺所辑的《东坡禅喜录》。每届年关,购书速度总会加快,这本也好,那本也要。原因无他,心里有个声音在说:"多买几本,年假好好看!"其实年假顶多七八天,一天一本,顶多十本打死。每每却乐于被这声音蛊惑，一本一本又一本，总要准备个十几二十本才心安，台谚"吃鸡阿嬷名"，所指的就是这个。

夜读清人蔡澄《鸡窗丛谈》，中有"人生当具三副痛泪：一哭天下大事不可为；一哭文章无知己；一哭沦落不偶佳人"，文人意气，多半如此。有心无力，可当一笑，可浮一大白！

一月二十五日　星期六　天气晴

今日大晴。午后于中正纪念堂演讲。门外冬阳催汗出，厅内冷气强吹。热胀冷缩，颇不宜人。稀里呼噜扯了两个小时，虽然用心准备，演出毕竟打折扣。草草了事，不能说满意。倒是因此跟许多友人碰面，值得高兴！演讲是虚，没什么好说。情谊是真，点滴在心头。新书出后，未能免俗，上电台，接演讲，号称"打书"，这是商业时代的新做法，严拒未免矫情，试试也颇好玩，但若因此而反客为主，误了重点，那就是迷途了。止庵所言，深得我心："买书第一，读书第二，编书第三，写书第四。""打书"不在名单上，时候到了就该喊停！

一月二十七日　星期一　天气晴

晚上吃尾牙(闽台称农历腊月十六为尾牙,乃民间传统节日),酒不敢足饭很饱。碰到几位平日难得一见的朋友,很高兴,相约来年定要拨空再聚。这话年年都说,年年都难办到。结果每次碰面总是为了公事,夤缘方得一聚。一入江湖岁月催,红尘难见如参商,人生多半如此,等后悔吧。呵呵。

吃罢饭,夜深矣。搭计程车回家,司机正在收听"连宋配"、"内阁搬风"等新闻,问我有何看法。我无言以对,盖众所皆知,台湾计程车司机乃全世界最佳政治评论员,予何言哉?予岂能言哉?车行匆匆,街景忽热忽冷,有红男绿女牵手买年货,也有失所游民徘徊街头、老妇稚儿推摊赶路。忽然想到黄仲则《都门秋思》"全家都在风声里,九月衣裳未剪裁"句,心头不禁一阵惘然。台湾本来好所在,真的已经盖棺论定,只是"本来"而已了吗?我不相信,还要再拼!

春节·太岁·过

一月三十一日　星期五　天气晴

春节假期的第二天，除夕。帮忙拜拜，贴春联。夜里边吃年夜饭边看电影《十七岁的单车》，公视系列电影展。讲北京高中生故事，片子拍得颇清新、青春，抓到了年轻人无邪的本质。最后一场围殴戏，让人看得触目动心。果然，母亲在旁说话了："新年头旧年尾，怎么看这种东西？"

睡前翻读《两当轩集》，黄仲则《癸巳除夕偶成》，几已成为每年应景必看的了：

"千家笑语漏迟迟，忧患潜从物外知。悄立市桥人不识，一星如月看多时。"

"今夕此夕费吟呻,儿女灯前窃笑频。汝辈何知吾自悔,枉抛心力作诗人。"

有意境有心事有深情还有一些些的幽默,黄仲则毕竟是好,就可惜死得太早了。

二月一日　星期六　天气晴

大年初一睡得迟迟,大约注定今年很有懒觉可睡了。呵呵。

晚间继续看电影,国片《蓝色大门》,台北高中生故事,片中的台北街景,非常美丽,到底镜头美化了台北,还是台北之美有待用心体会? 这部片子也拍得好,跟昨天《十七岁的单车》相比,似乎还略胜一筹,抓到了青春另一更不易表现的本质——哀愁。片末结语"留下什么,我们就成为什么样的大人了",让人深有所感,回想联翩。另一个意外是,印象中始终还是小女生清纯模样的仇政,片中居然演起中年妈妈来了。真是不习惯。不过看看剧中人面,掐指算一算,也确实到了年纪。所以是看电影人自己忘了岁月过往不歇了。

今天继续看《我在毛泽东身边的一万个日子》(*The Man Who Stayed Behind*),也是砖头书,翻译不太好,但因是几乎为中国共产党奉献一辈子心力的美国人李敦白(Sidney Rittenberg)所写,视角大不相同,所以还是值得一看。

二月三日　星期一　天气阴

天气变冷,丝毫不想出去。喝茶看书睡觉上网,再好不过了。晚上看电视,"国家地理频道"讲古巴雪茄工厂故事,非常有趣。早年工厂内设有"读书人"一职,由工人聚资出钱聘请好声调的识字人,在工人工作时读报、读书给他们听,以解沉闷单调。读得好时,工人便以雪茄刀敲击桌面,表示赞赏;读不好则纷纷出声喊叫:"你这小偷,不要偷我钱!"收音机出现后,这种"读书人"大约就像电脑出现后的打字员一样,都成了被科技所淘汰的行业了。

美国太空梭哥伦比亚号于返回地球途中爆炸,机上人员全部罹难。失事原因不明。这事会否影响美伊开打,值得观察。

二月五日　星期三　天气阴雨

昨晚下了一夜雨。"小楼一夜听春雨,深巷明朝卖杏花","君问归期未有期,巴山夜雨涨秋池","夜雨"这一主题,似乎是中国传统诗词中非常经典的画面之一,不晓得有没有人做过值得深读的文章。当然,这意思就是说,余秋雨《文化苦旅》那篇《夜雨诗意》,不算!

夜里上网,友人正在讨论"太岁",新新闻认为"太岁"可能是一种巨大的蕈类:

"一九八六年十二月,甘肃永登县连村农民在十米以下挖出一个肉乎乎、滑溜溜的上白下黄如坛子一般的怪物,直径十四厘米,高十七厘米,经兰州大学专家鉴定,是白膜菌新种,正式命名为太岁菌。"(新华社电讯《太岁不是凶煞而是稀世国宝》)

旧文献则肯定"太岁"是一团肉块:

"莱州即墨县有百姓王丰兄弟三人,丰不信方位所忌,尝于太岁上掘坑,见一肉块,大如斗,蠕蠕而动,遂填。其肉随填而出,丰惧,弃之。经宿,长塞于庭。丰兄弟奴婢数日内悉暴卒,唯一女存焉。"(唐段成式《酉阳杂俎》)

临睡前,翻读袁枚《子不语》,凑巧也看到一条"太岁"资料,这下子成了"一团长满眼睛的大肉块",而且越打越发:

"徐坛长侍讲未遇时,赴都会试。如厕,见大肉块遍身有眼,知为太岁。侍讲记某书云:'鞭太岁者脱祸。'因取大棍,与家丁次为笞击,每击一处,则遍身之眼愈加闪烁。是年成进士。"

突发奇想,哥伦比亚太空梭驾驶员临终的眼所看到的,会不会就是一团长满眼睛的大肉块!?

二月六日　星期四　天气晴

假期结束,开始上班。总计今年"养猪",看完毛泽东相关书籍三本,宫本辉、安·泰勒小说二本,北岛、木心散文二本,乱七八糟的连续杀人魔、文坛探隐、笔记小说若干篇。今年没准备漫画,毛泽东又都很厚,所以业绩不太好。呵呵。

中午到"国家图书馆"跟领我走入编辑大门的带头大哥吃饭闲聊。编辑生涯告一段落后,带头大哥重拾旧山河,操刀写小说,却也不发表,因为"乐趣在写,其他无所谓"。他在"国家图书馆"申请了一个小房间,每星期进城一次,好好把以往所缴纳的税金赚回来。最近的壮举,是把早已停刊的二百期中文版《美国新闻与世界报道》细细看光读够了。"事到无心皆可乐,人非有品不能闲",但愿有朝一日,也能跟带头大哥看齐,急流勇退,回家看书,永忆江湖归白发,即回天地入小楼。

天公·书展·卵

二月十日　星期一　天气阴

昨夜天公生,十二点过后,鞭炮即响个不停。由远而近,由近复远。冷不防听到街巷有人吼声"放炮喔",随即噼里啪啦一阵乱响,随之而起的是汽车防盗铃响,小儿啼哭声,有时夹带一两声男女咒骂,硝烟味随即夺窗而入。前些年父亲卧病在床,每年的鞭炮声都成为家中的梦魇。"天公诞辰,老少遭殃;一人有庆,兆民厌之。"新春正月,午夜即起,祝祷天地,虔诚祈福,这是多好的习俗,偏偏被那一串鞭炮给坏了。奈何?

二月十一日　星期二　天气晴

台北国际书展揭幕。下午往赴,直觉场面有些冷清。几年下来,大约除了卖折扣书之外,此书展功能已日渐萎缩,进退两难,颇见画虎不成反类犬的窘况。前两天开放同业交流,整个展场成了个握手会,走到哪里都碰到相识朋友。标准寒暄语是:"一年又过去了。""是呀,真快喔。""找个时间喝个咖啡,好好聊聊吧!?""去年也这么说过。""哈哈,都太忙了。今年一定要约成。岁月不待人。"然后热烈握手然后转头就走然后明年再见重说一次台词。但无论如何,见到老朋友总是叫人高兴的,尤其是那种已经离开这圈子,平日难得一见的。——国际书展对出版人的意义,如今 Social 或许成了最重要的一件事了。哀哉。

与友人赴大会剧场听此次贵宾诺贝尔文学奖得主索因卡座谈会,索因卡神采奕奕,相形之下,陈映真、黄春明都有些憔悴,也是岁月不待人。为了赶索因卡热潮,某出版社出版索因卡诗集跟小说《诠释者》,前者印刷装订粗糙不说,东施效颦学夏宇诗集故意不裁切,以收毛边本效果,结果一位香港朋友大呼:"有这么赶吗? 还没裁切就拿出来了。"不怪他没知识,只能说弄巧反拙,莫此为甚。另一本更糟糕,七十年代不太好的译本,连校订重排都没有,直接影印出书,仅换了个实在不怎么样的封面。国际书展这种玩法,大约也够贻笑大方了。真不知道索因卡拿到那本诗集时,心中作何感想? Oh,My God……

二月十二日　星期三　天气晴

本欲参加"国际出版论坛",因为睡迟了,不好闯入,干脆又回到书展会场晃荡。细细参观此次大会主题捷克馆,书籍不多,但足以当得"精准"二字,无论版型装帧,俱有可观之处。馆中玻璃柜内锁有一描金手稿,华丽精致,色彩熠然,据称系十一世纪旧物,值得一看。到处闲逛,昨天补足"一方"书后,无甚可买(或不敢多买,以免又成摆设)。闲闲抓了几本小书,步行到友人 PUB,边喝"长岛冰茶"(近日又回头爱上这种烈饮料)边翻阅,醺醺然又消磨掉了一个黄昏。

二月十五日　星期六　天气阴

元宵夜。在家鬼混。全屋熄灯,一片漆黑中与两外甥"提灯笼",颇有趣。如今灯笼都通电,且有鬼叫鬼叫 IC 音乐,安全则安全,却失去味道了。明年应当收集几个奶粉罐,替小朋友做几个古早味"铜罐仔灯",一起到公园迎游才是。

读清人笔记《虫鸣漫录》,有段记载很好玩:

"浮梁令冯子良,粤东名进士。善为诗,每苦吟,辄啮指甲,诗成,十指血潺潺,必如此方有佳句,无不痛切者。可见诗人各有其癖,前人所记,吟诗必御女,方成杰构,洵不谬矣。"

想像诗人咬指甲如吃糖葫芦,咬一口吟一句,或边翻云覆雨边吟唱诗句的绝妙痴景,便忍不住笑了出来。此书署名"采蘅子"作,其人名不见经传,由书序中约略可知是个到处游幕当师爷的落拓文人,所记也都是些阿里不达却很可反映清代中叶一般社会生活、庶民思维的小大怪事。譬如中外荤笑话中,常有以比较男人阳具长短为题者,因此而有"放风筝"、"踩水管"等笑料,此书有一段记载,却让人不得不相信,笑话可能多有所本:

"粤东有需□(缺一字)者,阴长两尺馀,累累下垂不能缩,以带缚系于肩,终身未尝近人道。此不知是何物转生,抑秉气不正,遂致偏胜耶。"

"以带缚系于肩",那是何种模样? 呵呵。以前有部得奖小说叫《无卵头家》(王湘琦写的。后来还改编成电影,画家吴炫三也插花轧了一角,演无卵头家好友,一起被阉了),讲的是澎湖男子遭蚊虫叮咬下体得象皮肿,卵泡大如排球的故事,不知此人是否也罹同症? 但叮咬部位不同耳。

二月十九日　星期三　天气阴

天气阴晴不定,就像这世界。百万人民上街头,小布什还是坚持要教训萨达姆;韩国大邱一场地铁大火,死伤百馀人;万客隆说倒就倒,提货都来不及……资讯越流通,这个世界越糟糕。原因是狗咬人的事无甚好说,人咬狗才值得一提。于是报纸网路电视广播到处充斥的都是忧、伤、悲、恨、惨、毒、腥、色事。从某个角度来看,知道了这些事,除了作为谈资,"干谯"两声,自以为家事国事天下事事事关心,不忝所生了,小老百姓又能怎样? 真能怎样? 天要下雨,娘要嫁人,布什要打仗,难道会因为你的一句"不,不要,求求你不要",就停止下来了吗? ——读完 Peter Laufer 的《叩应内幕大公开》(*Inside Talk Radio*,正中出版)后,我好像变得更加厌恶媒体了。

畅销·苹果·粪

二月二十一日　星期五　晴

天气又热起来了。太阳耀眼得吓人。年节前后以来，天气大约就是"大晴"跟"阴冷"交叠更换，雨偶尔下来，但实在不值一顾。据说石门、翡翠水库存水又不足，今年限水噩梦，可能提早登场。

中午与友人约在衡阳路吃饭。从台北车站经重庆南路走过去。时值中午时分，忠孝西路、馆前路十字路口人潮如涌。突然发现对面人群中有一名女子脸色白皙得十分怪异，趋近时仔细一看，才发现长相清秀的她竟然跟日本艺妓一样，脸颈全涂抹上一层白粉，边走边听大声音乐，口中念念有词，却又不是跟唱，而是叽里咕噜，不知自言自语何物。即使日正当中，碰到这样一名"白虎社"怪怪女子，也还是让人印象深刻，颇有些不寒而栗。台北什么都有，此言诚然不虚。

与友人吃饭，略谈出版界近况，除了老字号正中书局被国民党以七亿元低价出卖之外，有两家出版社也准备结束营业。消息不知真假，经济低迷不振却是事实，春天就这么冷了，接下来不知会如何？

二月二十二日　星期六　晴

休假日。痴肥腻人，十分难受。今天起，改变生活作息，减少应酬、看电视、上网时间，多打坐、步行、阅读，恭送肥肉离身。一天下来，发觉时间仿佛多了许多，精神也振作不少。大约是个好主意。"识得破"，就看能否"忍得过"，让它成为好习惯了。

读《徒然草》，一段话说得好：

"人间之交往，欲去之无一不难。若随世俗而难于缄默，则交往不绝，欲多深苦，心无暇日，一生但阻于杂务小节，空空度过矣。"

网路时代，人情交往，虚实叠架，更见繁复，此言值得细思。

今日起，每天详读《古文观止新编》一至二篇。

<h2 style="text-align:center">二月二十三日　星期日　晴</h2>

畅销书可以打造乎？因为《因缘际会》一书而在台湾声名鹊起的老编辑 Michael Korda，再出一中文书《打造畅销书》（*Making the List*），副标为"从畅销书排行榜解读时代趋势"。此书将上个世纪美国畅销书排行榜，以每十年为一期，加以详细解读，从中看出时代文化走向、原因所在与影响所及。Korda 目光如炬，幽默风趣，全书读来，简直就如一部文化史。今日我们所常见的巡回宣传、连锁书店、展售平台、退书、读书俱乐部、编辑市场化、图书影视化等，何时出现于美国，为何而出现，造成的后果，都有要言不烦的解读。细细思索，发现台湾出版过去二十年所走的资本主义道路，恰是美国一世纪以来的缩影。再细想，中国大陆很可能在十年之间，也要走一遍，资本主义威力强大，无远弗届，于此可见一斑。

畅销书未必打造得起来，却归纳得出一个重要特色：

"你唯一能确定的是，不管在文学类或非文学类，说故事的能力皆为重要的关键,对熟悉的主题能提出崭新而有趣的想法,大概是最核心的技巧。"

二月二十四日　星期一　阴

锋面过境,天气又转冷。早上穿得太少,晚上冷个半死。真是鬼天气!

接到友人 E‑Mail 告知,她也要去"吃苹果"了。香港《苹果日报》即将于四月登陆台湾,去年下半年就已招兵买马,重金挖角。且传闻比照香港董桥模式,已以千万天价"包养"(包纳养士)下一知名旅美文人出任副社长一职。但由于受到《明日报》效应影响,此前依违观望的记者多,真正"叛逃"者少,直到年后,开工日期逼近,尘埃乃渐落定矣。

《苹果日报》到底会成不会成? 其实略可预判。台湾平面媒体近年所碰到的危机,经营者老以为是经济不景气的周期性因素所致,一旦经济好转,天下即太平矣。事实未必,因为自网路成形之后,其大量、即时、互动特性,即不断削弱平面媒体的功能,无法从这结构性困境中突围而出,重新定位"资讯爆炸时代"里,"平面媒体"所能扮演的角色,则更多的资讯、更"日趋流下"的腥膻八卦娱乐取向,只会让报纸的生命更轻薄短小而已。苹果好吃，或许没错，但千万要看清楚是否是恶皇后所给的那一颗。

二月二十六日　星期三　晴

轶闻两则：其一，昔日北京粪夫皆山东人，成一帮会。粪便运售农村，其利甚大。宋哲元主政时涎之，拟收归北京市政府官办，以秘书长某兼任"粪便卫生研究所所长"。粪夫因以罢工，数日之间，官署民居溷厕堆积狼藉，臭不可闻。官府无法，仍归还粪夫，始得清除。

其二，昔日湖北春节拜年，主人必煮鸡蛋二枚奉客，客必食之，否则为不敬。是以一日拜年，只可三四家，如到十家，则食鸡蛋二十枚，腹不能受矣。（以上俱见《春游社琐谈·素月楼联语》，张伯驹主编，北京出版社，一九九八年。）

古籍·棒球·痛

二月二十七日　星期四　晴

中午与友人吃饭,谈及古籍"活化"问题,"活化"系借用日本人社区营造说法,指的是透过整建、规划,让古迹、老建筑、旧聚落焕发新光彩,获得重生。友人所任职出版社历史悠久,积累的古籍出版品在台湾数一数二,但由于社会变迁、教育改革,这些沉淀先人文化结晶的古籍旧书,日渐乏人问津。加上大陆书籍来势汹汹,遂使得"活化"两字,越显迫切。

边吃边聊,大致有几个结论:用现代人的角度重新分类是重要的,用白话注解是重要的,增加配图是重要的。但最基本的,还是看编辑的创意、功力,能否入乎其中又出乎其外。席中找来大陆齐鲁书社《诗经》图集、三联书店"陈寅恪作品"为例,大家都同意,装帧、版型、纸张对古籍的影响,比一般书籍还更重要。

午后,再与友人相聚,出席者不外编辑、译者兼编辑、出版行销人等,所谈无非市场消长、各出版社近况,与乎八卦笑话、新书好坏。好几位抽烟者,新近流行抽卷烟,人人一个卷烟器,从纸包中取出烟丝、烟纸,均匀摊铺,宛如做寿司般卷出一根漂亮纸烟,而后吞云吐雾,十分有趣,也是这辈子初次见识者。想像抽大麻,大概只要换换烟丝即是了。

二月二十八日　星期五　晴

二二八纪念日,放假一天。美丽岛官方档案公布于国父纪念馆。陈水扁亲临致词。许信良、施明德、吕秀莲、姚嘉文等美丽岛受难人亦一同出席。从电视画面上所看到的是,陈水扁在新贵簇拥下对着玻璃柜指指点点,不远处施明德独身低头观看,若有所思。双方绝无交集。画面一转,陈菊出现,意欲邀请施明德上前跟"总统"打招呼,施明德拒绝了。这一画面看得人感慨不已。胡忠信所谓陈水扁"权力的傲慢",于此表露无遗矣。在历史面前,人人都是渺小的,但这一位"总统"似乎更渺小一点,我觉得。

晚间,读究竟新书《非暴力抗争———一种更强大的力量》,回想这辈子所看到的施明德、林义雄,不禁悲从中来,"人格者"不能受到应有的尊重,恰恰显现这个社会的忘恩负义。一个忘恩负义的社会,所能成就,大约就是一切"分而食之"四字了。

三月一日　星期六　晴

中华职棒大联盟开打。今年两联盟合并,加入了原台湾大联盟太阳、金刚两队,盛况可期。三月一日就出发,也成了全世界最早征战的职棒赛,起早赶路,希望今年会很好,可以好到黄牛再现,但千万不要好到赌盘又开的地步。"为什么国家联盟新球队应该是在华盛顿? 最大的理由是这个首都需要有棒球赛来使人忘掉那永无休止、难以忍受的政治斗争游戏。"这是《纽约时报》编辑 James Reston 的名言,结果却没有哪支球队愿意落脚华盛顿,大约各球队都有自知之明,必须离肮脏、腐败远一点吧! 台湾球队没有这个选择的问题,因为岛屿就这么小,无所逃遁于天地之间,遂不得不与政客为伍,奉为座上宾。环境如此,所以更要小心肮脏、腐败!

阿里山小火车出轨掉落山崖,死伤惨重。

三月二日　星期日　阴

上午准备写稿,忽然背痛难当,几至无法呼吸,急忙往马偕医院急诊。打过一针止痛剂后,几经检验判断,换科诊察,可以确定不是这个,不是那个,却无法断定到底是哪个。最后以疑似运动拉伤画押,先带了肌肉松弛剂、止痛消炎药配以胃乳片回家服用(现在医院进步之点是,所有药名功用都写在药袋上,你知道你吃的是什么)。下午昏睡,晚上醒来稍有改善。无法工作,只得偃卧翻读《文苑滑稽谭》,笑话书也,明清士子学人笑话一箩筐通通收录,只是月移星转,时过境迁,很多东西如制艺时文、学制官制等都已难解,有些竟不知从何笑起了。

三月三日　星期一　阴

勉力上班,精神十分不济,动辄得痛,背伤仍为患不已。晚间早早回家,草草入睡。一整天边痛边翻看前《美国新闻暨世界报道》总编辑 James Fallow 所写的《解读媒体迷思》

（正中），这周准备写篇关于即将发行的《苹果日报》跟台湾报纸病症的文章。近几个星期，文思堵塞，笔下无神，刚想振作，偏又碰上病痛，奈何？

一份好报纸的功能，换言之，也就是一位好记者的功能，乃是稳定、完整观察人生。

这是 James Fallow 引用任职英国《曼彻斯特卫报》总编辑达半世纪之久的 Charles Prestwich Scott 的名言。他解释说，"稳定观察人生"指的是适度看待当天事件，不夸大、不贬抑；"完整观察人生"指的是了解不同事件因果之关联。拿这句话来检验台湾媒体记者，及格者恐怕寥若晨星了。

三月五日　星期三　阴

昨日请假一天，文章果然没写出。下午同事介绍到一家国术馆推拿整脊，不意大见功效，晚间已能挺身而走，不用偃躯慢行了。传统医术真有不可思议之处。去医疗途中，恰逢拾荒人送书到，在古今书廊门口截下纯文学版《恶之华》、联经版《张爱玲杂碎》、三三版《击壤歌》，亦苦中作乐事也。呵呵。

时刻·归家·反

三月七日　星期五　阴

观看电影《时时刻刻》。同名小说曾获得普立策奖，也早翻成中文了。电影颇受好评，金球奖已有斩获，接下来的奥斯卡奖，当也不难见喜。饰演女主角的梅莉·史翠普是我向来喜欢的演员，片中演技没话说；妮可·基曼为了演吴尔芙夫人，特别还垫高了鼻子，侧看确实有七八分相像。论演技，却还有许多成长空间。在她诠释下的吴尔芙仿佛成了一个调皮任性、长不大的小女孩，应该有的神经质跟细腻心思，完全不见了。

整体而言，虽然大家都说好，我却觉得片子也只当得

"精致流畅"四字而已。整体感觉颇浮泛，无法将原著"怅望千秋一洒泪，萧条异代不同时"、"人生有情泪沾臆，江水江花岂终极"的辽阔深挚感觉完全表达出来。大概因为这电影的关系，网路留言板上有人问起，什么是"意识流"电影，这问题，我看很难答复了。

三月八日　星期六　阴

现代医学进步后，人生的旅程终点有了很大的变化。以往很难了解，见多了死亡场景，难免耿耿于怀。一是为了抢救（多半是拖延）生命，插管、气切、电击，以及其他紧急医疗手法，往往让病人在最后关头求死不能，痛苦不堪，而多半事实证明，急救的成效通常有限，真正照顾到的，与其说是患者的求生意念，倒不如说是生者的道义责任。报载某老妇在其手腕刺青"不要救我"云云，说来感伤，却赤裸裸反映世道的伪善，生时或者乏人照料，濒死却不得安宁，还得折腾完成别人"只要没先说，只要一口气在，就得急救到底"的专业信条才行。

其次是，人的最终归宿，如今多半在医院，冀求家人围绕，寿终正寝，竟不可得了。人的一生无非是离家又回家的故事流转,旅程的终点,不是在熟悉的家中,而是冷冰冰的医院,被病痛折磨得几至卑微到极点的病患,连这点奢望也办不到,奈何?汤玛斯·伍尔夫"You Can't Go Home Again"的怅恨,所有病重入院者,想必都该有所觉悟吧!台湾旧习俗,人死不能入家门,许多人因此坚持在亲人弥留之际,大费周章,运送归家。以往总觉这是以人殉俗、野蛮遗风,如今饱更忧患转冥顽,却觉得自有其内蕴了。

好友十二月中入院,至今辗转出入加护病房,全身插满管线,濒危者几。归家路遥遥迢迢,但愿他走得到,祝福他走得过去!

三月九日　星期日　夜雨

夜雨连檐,下个不停。今年春寒依然料峭,春雨却少之又少。陆放翁"小楼一夜听春雨,深巷明朝卖杏花"的意象,毕竟渺不可得了。周六日必看一场 NBA 篮球赛几成习惯。近年来,各队球员流行刺青,不少人且以刺汉字为炫耀。晚上翻读《春游社琐谈》,内中载及宋真宗朝呼延赞"常言愿奋身死敌,遍文其体为'赤心杀贼'字,妻孥仆役皆然。诸子耳后别刺'出门忘家为国,临阵忘死为生'"。呼延赞是太原人,著名武将,有四子,父子组成一队"呼家将",不成问题。想像若能跨越时空,远征 NBA,打将起来"赤心杀贼"漫天翻舞,保证好看——雨夜多遐思,乱扯乱跑,一点没错!

三月十日　星期一　雨

中午到"古今书廊"闲逛,忽闻骑楼燕声呢喃,抬头竟见"似曾相识燕归来",心中一阵欢喜。美国人爱说:"对棒球迷来说,象征春天来临的,不是燕子归来,而是球棒击球的清脆响声。"上一周清脆响声有了,这一周燕子也回来了。春天真的到了!

三月十一日　星期二　晴

读黄怡《终身反对者》。此书成于解严前,黄怡的社会、媒体观察文章结集而成,龙发堂、汤英伸案、雏妓阿芳、监狱人权、罢工权、最低工资……读之仿如一梦,那是个艰难的时代,也是理想的时代。革命成为一种可能的方向。如今,民主到手,革命日远,像黄怡这样的人,像《人间》这样的刊物,竟然都没有了舞台。是社会公义真的已达成了?还是,我们早已闭上眼睛不看、不想这一回事了?书中黄怡所引 I. F.

史东一段话发人深省：

"作为一个终身的反对者，我深深了解：任何失败都不值得忧虑，倒是任何的成功都值得反省。任何洞见都有可能退化成教条，任何生动的思想，都有可能僵化成无生命的、党的方针。原来是理想的护卫者，竟或成为理想的羁绊者。每个解放都隐藏着奴役的种子。"

台湾人民花了近半个世纪的气力挣脱专制极权的手铐，却迫不及待地又踏入民主制度黑金腐败的脚镣之中。想作为一个终身的反对者，说得大声容易，看得真切，很难！接受苦难容易，拒绝诱惑，很难！

三月十二日　星期三　晴

健康检查，一整日都在医院里。利用空档翻阅佐仓孙三《台风杂记》，此书收入"台湾文献丛刊"第一○七种。作者于一八九六年台湾割让后来台，任职总督府警务部门，因为职务关系，曾四处巡视，于台湾社会颇多接触，所见所闻记录成札，一九○二年出版，即是此书。写法略如中国传统笔记小说，一一四条记事里对台岛衣食住行、习俗信仰、农工商贾、器皿产物莫不有叙述。每条之后，还有附语，是佐仓氏几位好友所写,除补充事实之外,还对中日习俗异同做一比较,且立论持平,毫无后来殖民者教化自居的凌人盛气,相当难得,因而或较能见出当日台湾真实景况。其中颇有具趣味者,如一般认为今日台湾葬礼之"孝女白琼"、"五子哭墓"乃起自七十年代,实则早在一百多年前的葬典,即:"佣泣人数名,白衣倚杖,成伍追随,哭声动四邻;而静视其人,未尝有一滴泪。是全属虚礼,可笑也!"

再如今日台湾人到大陆,最受不了的乃是厕所肮脏无门、粪便四溢的可怕景象。佐仓笔下,百年前台湾也好不到哪里去:"不洁堆积,溺水泛滥,豚鹅杂逐,异臭扑鼻,使人发呕吐,而台人不顾。且家无厕圂,街路设一大厕场,人人对面了之,亦甚可厌。若使洁癖汉处之,则将何言?"文明进化,因时因地而不同,走在前面固然可喜,然即因此指摘后进者野蛮、不开化,甚至讥讽嘲弄,则实在大可不必。

公车·民间·打

三月十三日　星期四　晴

你不是老弱妇孺,你搭公车碰到博爱座空着,你怎么办?有人坚决拒坐,宁可一路站到底。有人大剌剌坐下,谁来也不让。多数的人,先坐下,看到该坐的人再让,如不想让,坐下就闭眼睡觉,遗世不论。那,你是老弱妇孺呢? 看到博爱座被非老弱妇孺抢坐了,你会如何? 搭公车这么久,直到今天为止,答案似乎只有一个:无奈站着,等待博爱苏醒。

上午搭车上班,车上座位全满。几站后,上来一位看似弱智,大约十七八岁,笑呵呵的胖小子,只见熟门熟路,直往车门侧最后一个博爱座奔去,瞧着正在"闭眼睡觉"的一名高中学生看了又看，从口袋掏出一个证件夹，摇醒学生，嘴巴讲了几句话。"讨车钱吧？"我想。只见学生急忙收拾书包，一阵慌乱，却没掏钱，而是站了起来，有些羞赧地往车厢后半部走。胖小子笑呵呵坐下去，慎重地把证件收到口袋里。原来他是要回属于他的座位，那证件想必是残障手册。我在旁边看得有趣，于是相信，日头赤炎炎，弱势者当自强，与其等待博爱苏醒，不如亲自去讨回权益！

三月十四日　星期五　晴

下午，上友人广播节目聊天，谈论《苹果日报》及台湾媒体迷思。我的看法不变：报纸该了解文字媒体长短优劣，以评论为主，不要妄想跟电视、网路争长短，在即时资讯上下傻功。只有了解本身定位，才有可能走出一条路来。友人谈及《苹果日报》所放言的"震撼教育"，据说可能是一天出报二百版，也就是五十张。听来让人吃惊，若真如此，第一要担心的，恐怕是《壹周刊》了，每天二百版，要不找些吃喝玩乐资讯填补，如何塞得满？要不，就是图多文少，以图片取胜。不管如何，还是想跟"即时、大量"的影像媒体争长短，这种走向，只怕有震撼无教育，无法走得了远路哩。

三月十五日　星期六　晴

　　昨日于茉莉书店购得书一批,其中包括李献璋编著的《台湾民间故事集》,此书原刊于一九三六年,即日治昭和十一年,民国二十五年。从书前懒云(即赖和)的序文可知,这是"献璋君不惜费了三四年的工夫,搜集了约近一千首的歌谣,谜语;更动员了十多个文艺爱好者,写成了廿多篇的故事和传说,这不能不说是极尽台湾民间文学的伟观了"。这"十多个文艺爱好者"包括黄得时、杨守愚、朱锋、王诗琅、赖和等前辈作家,可谓胜矣。

　　此书重点在于,这是日治少数台湾知识分子所采集的本土民间文学作品,前此,从事这一工作者,多半是日本人,且基于"教化"目的,遂使得其采集往往有所偏执。李献璋这一工作,则直接跟新文学运动接轨,而有着更宽广的关照,他在自序中除谈及日治以来民谣采集状况外,还说:

　　"最近因新文学运动进入本格的境地,跟着,民间的歌谣与传说也像渐被注意了。大家已觉高谈荷马的史诗,希腊的颂歌等等,不如低下头来检讨一下采茶歌,研究一下'鸭母王'的故事。放下自己应做而且易做的任务不做,徒要学人家的口吻演讲时髦的外国名词,除为摄取参考与比较研究的目的之外,毕竟是件最可耻的事情。"

沧海桑田一甲子,这段话,到了今天,还是值得细读深思。手中此本系一九七〇年台北振文书局影印出版者,罕见而值得珍惜。其中尤以童谣部分,因把不同地区各种版本同时并列,更加珍贵,譬如"月光光,秀才郎"便有包括屏东、凤山、旗津、大溪等多个版本;"草暝公,穿红裙"、"火金姑,来食茶"等,也都如此,仔细比对,十分有趣。民谣部分,谈及男女情感的赤裸坦诚,更可直溯明代冯梦龙的山歌,互相媲美了。

三月十六日　星期日　晴

在家看稿,并读池莉《怀念声名狼藉的日子》(一方),池莉不负盛名,叙事能力一流,非常会说故事,假使不被商业机制牵着鼻子走,假以时日,或可成大器。年初于北京订货会上,据说她有本新书似名为"有了快感你就喊"云云,让人担心的是这个,祖师爷好心赏饭了,人却可能一个不小心,吃快弄破碗。

兄弟队连五败、六不胜,尤其本周与太阳三连战,皆以一分饮恨。前次还戏言：有些球队似乎打完开幕战，即可期待明年再来，幸好兄弟队不与焉。现在直觉话说得早了些。呵呵。

三月十七日　星期一　晴

上周体检后，即力行走路运动。每天下午五点准时下班，在城市里晃荡。今天从公馆走到光华商场闲逛，虽然早就觉得光华商场没什么书可以买了，两个小时下来，还是扛回了六七本新旧书籍回家，包括被借走购补、新书很便宜、罕见不能不买者。总之，只要你想买，一定有借口！诸书除正中书局一九五六年版《圣叹选批唐才子诗》外，不值得一提。老板也识货，要价一百五十元。

晚间，天渐变，晴转阴，有些冷了。

三月十九日　星期三　雨

春雨霏霏。小布什提出四十八小时最后通牒，要求萨达姆出国流亡。战争不可免矣。

三月二十日　星期四

台北时间上午十点三十二分，美国发射舰载战斧导弹拂晓攻击巴格达,战争开始,举世哗然。布什、萨达姆纷纷露脸叫阵,陈水扁专程在嘉义空军基地向全岛民众发表"重要谈话",一副不在战争中凑一脚很不爽的模样。下午,跟一位长辈碰面,他对阿扁此举的评论:"谁都不慌张,只有他很荒唐!"闲聊中还举清代褚人获《坚瓠集》中打油诗,比拟改朝换代,许多前此风骨铿然,抨击"御用学者"不遗馀力,如今却出仕做官,争食鸡肋,吃相难看者,非常好笑、够味:

"圣朝特旨试贤良,一队夷齐下首阳。家里安排新顶帽,腹中打点旧文章。当年深自惭周粟,今日翻思吃国粮。非是一朝忽改节,西山薇蕨已精光。"

战争·争战·战

三月二十一日　星期五

观音诞辰。每年此日都想仿"浴佛"节仪,为家中石雕观音沐浴,最后却都没行动。今年想到得早,却挂念美伊战事,忙着看电视又忘了。等到又想起,夜已深,时过矣。拿出《观世音菩萨普门品》翻读,此经与《般若波罗蜜多心经》,同为流传最广的观音法门经典,其中有"若有无量百千万亿众生,受诸苦恼。闻是观世音菩萨,一心称名观世音菩萨,即时观其音声,皆得解脱"等语。信徒诵持"南无观世音菩萨"法号,即因此而起。风尘肮脏,秽土可厌。浮生浊世,无奈之馀,也只有"一心称名",常愿众生都得解脱了。

三月二十二日　星期六

英美联军 A – Day 行动,巴格达大轰炸开始,弹如雨下,红光蔽天。再精敏(smart)的炸弹,只怕误伤难免,平民在劫难逃矣。因为祖父与姑母同逝于上次世界大战东京大轰炸之中,未及一睹面,几年来,只要是东京大轰炸相关文献,多有搜集。焦黑蜷曲的尸堆、浮尸满布的隅田川、一望无际的断壁残垣、幸存者茫然无助的眼光……早成心中隐藏的旧伤。没想到,美丽新世纪又逢大轰炸,最讽刺的是,还是号称民主自由滥觞的两个国家所一意孤行、悍然发动者,世事真是难料!

下午,草草成诗一首:《春天的亲人的眼睛》

中年困扰,不得安歇
春天执念更多
惊蛰过后,有雨落下

晨起夜归明将灭的时候
一旦闭眼,就要想起

过去了，几分钟

又有多少人睁眼逝去

在恶火深处，曾经

与我呼吸相同空气者

怨此秽土，恶缘缠缚

大火吞噬石块纷落之处

死也不曾闭去的

那双澄蓝转归灰白了

春天的亲人

的眼睛

时时刻刻时时刻刻

三月二十三日　星期日

下午，与友人带了三位小朋友到"新舞台"观看纸风车剧团年度新戏《三国奇遇——小小羊儿要回家》，故事虽无新意，但道具、剧场运用得十分巧妙紧凑，还是让全场小朋友欢天喜地闹哄哄参与，一阵嘶喊助阵，排队跟剧中人物合影后,依依难舍而归。每次看该剧团演出,心中最大悬疑总是急切想知道:"这次又想搞什么花样?"友人笑称"纸风车"乃剧场界的"明华园",诚然不虚!"纸风车"主人李永丰,外号"美国仔",是另位友人之弟,艺术学院毕业,留洋归来,却一身乡土气息,热情有劲,每次看到他在电视上演"俗仔",总会大笑出声。多年惨淡经营剧团,如今总算渐渐搞出名堂(也有了"红楼"这一地盘),于他、于台湾儿童,算来都是件可喜的事哩。

三月二十四日　星期一

开战以来,媒体若狂,爆发新闻大战。中天频道因为临战前跟卡塔尔半岛电视台签约合作,提供完全不同于以CNN为首的西方观点新闻,一炮而红,成了收视率大赢家。其他频道眼红之馀,也急忙洽商其他阿拉伯电视台(有一台似乎叫什么"阿布达比")的讯息。开放竞争才有进步,长期笼罩在西方新闻观点的台湾观众,这次也总算可以换人"按摩"一下了,Message is Massage,麦克鲁汉不这样说吗?

不过,说竞争便都是进步,倒也未必。为了"拉近战争气氛",新闻频道恶性不改的是,让新闻记者穿上迷彩装、手持突击步枪报新闻,更有许多所谓的军事专家,乐得被"打扮",竟也一身迷彩装上节目侃侃而谈,耍尽噱头,也让战争的严肃性大打折扣。大体而言,专家学者所说,听来听去,大约都是"预测"多于"评估",抓住大象一条尾巴,便高言象脚如何象头往何处去。再仔细一辨,不是综合外电消息者几希。比较让人心服,值得一听的,还是"年代新闻"东吴大学刘必荣教授的时段,他很少预测战事,多半都就开战双方一举一动所带来的影响,广泛分析世局的连带互动。视野宽阔,学养都好。与他对谈的侯姓女记者,年纪虽轻,却颇有大将之风,也总算是"花瓶"中出众的佼佼者了。

三月二十六日　星期三

夜读古人打油诗,有一首嘲笑纸上谈兵者,颇适合用来形容如今新闻频道上大话战争的多数"学者专家"们:

"未必迂腐胜老兵,钻研故纸耸肩行。几回刺绣描花样,怕说文章吃菜羹。却敌可能排笔阵,藏身莫若拥书城。不因吓碎将军胆,纸上雄谈尚有声。"

另有一首讥讽"国债"者,也十分有趣,足堪当道参考:

"思量欠债最难过,国债如何不怕多?我债却无田产抵，想来国债有山河。"

三月二十七日　星期四

收到友人东嘉生寄赠吴鲁芹先生所著《美国去来》小书，此书出版于一九五三年，是吴先生的第一本书，久寻不获，一旦而有，欣喜若狂！东嘉生系阳明大学医学系学生，现在高雄实习，闲暇爱买旧书爱读文史，尤其台湾文献资料，搜罗颇丰，似亦有"疯魔"征兆。此前高雄某中学图书馆大清仓，将一大批淘汰书籍包卖给某旧书商，书商再经捡择，很不识货地竟然将两千多本四五十年代旧书转卖给某废弃物处理站的老阿婆。东嘉生依例执行"旧书店巡阅使"职务时，赫然发现，急忙抢救，努力抓回二百多本，此书即其一，其馀隔日即化为纸浆矣。随书附信中道及此事，边读边想像，真是好惊险呀！吴鲁芹先生是我最爱的散文作家，以前翻读情起，赞叹之馀，还曾在其文集书后写下"甘为鲁芹门下走狗"等字哩。呵呵。

阿芬·老人·雨

三月二十八日　星期五

中午,网友卓支来访。前此,他也收有谷崎润一郎移译,昭和十四年(一九三九)中央公论社所出的《源氏物语》,准备送给正在攻读日本文学的外甥当毕业礼物,却苦于缺少第十卷,无法圆满。辗转得知我手边也有一套后,于网路贴文商借影印,凑齐成套。此为佳事,自然答应。携出影印归来后,煮茶相谈甚欢,他对于台北旧书店了若指掌,如数家珍,手边也搜罗颇多珍本。蒙他不吝告知,又确认了好几家值得一游的书店,真是大收获! 台北多奇人,卧虎藏龙,此又一例。

卓支走后,PK2来访。另一位以"小读头"为名的网友,爱看书爱买书爱逛书店,尤其台北贩卖大陆书籍的书店,熟稔如自家所开,不愧大春高足。远程来访,特别送了他一本缪全吉所著的清代幕府制度论文,加上在书架上的《中国近代出版史料》、《中国现代出版史料》中找到几篇关于传统儿童启蒙读物的文章,欣喜若狂,盖他的毕业论文即以此为题也。

黄昏落雨,跟PK2打伞到茉莉书店闲逛,恰逢有一研究者倾书而出,一推车都是文史哲专著,颇多绝版品,两人蹲在地上各各翻弄挑选了几种,再巡视全店一过,方才心满意足,踏雨而归。

三月二十九日　星期六

一九七三年,巴黎和谈顺利,越战仿佛就要落幕,和平可期。采访越战新闻多年的日本记者今井今朝春想起了昔日采访时所碰到的这个那个战争孤儿,心情起伏难安:

"大致上说,战争快要结束了。然而,对小孩子们来说,战争结束了,他们的生活想必会一日比一日凄惨难过吧。因为在战争情况下,这些孩子们还被当成战争孤儿看待,还会有来自不同地方的救济援手。一旦战争结束了，成人们将埋首于自个儿的事，恐怕再也没有人理会这些小孩子吧。我痛切地希望，永远有人紧紧地搂抱这些小孩子。"

因此，他又专程飞回到越南，摄影记录下这些孩子的生活，同时收集孩子的日记、诗作，搭配图片，出版了《写给战争叔叔》这样一本书。此书在当年有没有造成任何影响？我完全不知道。手中所有的这本，是在一堆旧书中捡拾起，一九七七年台北迅雷出版社出版，许潮雄的中译本。周六夜里，仔细翻读，心中一阵怃然。宁为太平犬，勿为乱世人。稚子何辜，小小年纪就要在烽火硝烟之间苟且偷生，为了生存用尽全身力气，却仍茫茫不知明日前途在哪里。其中《阿芬日记》篇有一则写道：

"今天妈妈得还债，把家里的钱都还光了，没有钱去批购甘蔗。向隔壁的伯母借钱，但是也没有借到。

"没办法，只好呆在家里打打扫、洗洗东西。爸爸的遗像，我也给擦得干干净净。前几天，弟弟让掉下来的像框玻璃给割破了，爸爸一定也很痛。我赚了钱一定要给爸爸的遗像买一块新玻璃。

"我跟妈妈说，今天不用吃饭了，就让我睡觉吧。所以我就睡了一整天。"

一九七三年的西贡,十三岁的阮氏芬,父亲战死了,母亲重病在身,十一岁的妹妹,七岁跟两岁的弟弟,一家五口全靠她每天挑着二十公斤重的担子四处卖甘蔗过活。因为生活实在悲苦,阿芬日记坦承还曾出卖了一次身体给韩国兵,并且不幸怀孕了。全家人在苦难中相互扶持度日,"将来一定会有好运气"!这是妈妈的口头禅。阿芬呢?她只想赚了钱,给爸爸的遗像买一块新玻璃。

战争,战争,又解放谁了?看得到的血肉模糊是不幸运途;看不到的生命煎熬,那才是真正的悲惨人间。此时此刻的巴格达,想必也有一个阿芬正在诞生吧!

三月三十日　星期日

假如有人问我,现代生活最可怕的是什么?我一定答说:就是一切都可以"消费"。商品不论,文化可以消费,艺术可以消费,创作可以消费,连人也可以被消费,消费的结果,就是"异化"、"疏离";消费的方式,就是不断推陈出新,以新代旧,让人复杂紊乱、匆匆忙忙中浮泛追逐生活下去,无法深刻理解自己与别人、与社会、与天地自然之间的关系。

这段话纯然有感而发,翻阅笔记小说,其中记载:

"春花落瓣,秋花落朵,盖气候使然也。前人无道及者。"(宋荦《筠廊偶笔》)

"春花已半开者,用刀剪下,及插之萝卜上,却以花盆用土种之,时时浇溉,异时花过,则根已生矣。既不伤生意,又可得种,亦奇法。梅雨中,旋摘菊丛嫩枝,插地下作一处,以芦席作一棚,高尺四五,覆之,遇雨则除去以受露,无不活者。且丛矮作花可观,上盆尤佳。"(周密《癸辛杂识》)

如今一般读书人,还能这样观察深刻,与天地自然同心同意,默契而活者,大概很少了吧。这个时代,读书有时候也只是一种消费而已。

三月三十一日　星期一

早晨,在台北捷运站候车,乘客不多,眼角忽见一老人朝月台末端铁栅门快步走去,初不以为意,不久却见他面向栅门,头望隧道远方,久久不动,心始微异。再过不久,地面灯闪风动,列车将进站,老人身子离月台边缘不过一步之遥,另端警哨哔哔惊响,催促老人远离。我急忙靠过去了解状况,才走不到几公尺,忽然辨出潺潺水落声,"不会吧,背背(伯伯),这里是捷运站,那是铁轨哩",再往前一步,手部动作明显,老先生正在小便!警哨还在响,所有人都转头望过来,列车隆隆声已清楚可闻,大家都觉得危险万分。天呀!那欸安呢(闽台方言,怎么会这样呢),我该怎么办?——说来没人相信,但这真正就是今天早上我在捷运车站亲历的惊险场面。最后,在我还在犹豫到底要不要冒着被喷一身尿水,强硬拉开老先生时,老先生给了我一个"方便"落幕下台阶。在他肩膀左右抖动两下时,列车恰巧进站,趁着上下人潮,他面无表情地绕个大弯,搭上电扶梯,走了。奇怪的老人,浮生万象的台北城市。该怎么说它呢?

四月二日　星期三

大雨滂沱,入春以来最大的一场。早上出门裤脚鞋袜都湿了。继续多下几天,隐隐蠢动、作势欲发的旱魃,或者可以被驱跑了。

"撑着油纸伞,独自/彷徨在悠长,悠长/又寂寥的雨巷,/我希望逢着/一个丁香一样地/结着愁怨的姑娘。"

夜里,雨还下着。灯下,忽然想起了这样的诗句,是戴望舒的《雨巷》。

四月三日　星期四

影星张国荣前日跳楼自杀,港台一片震惊,昨天、今天报纸均以头条满版刊出相关消息,预定月底出刊的《苹果日报》也出号外赠阅。张国荣所以自杀,据传与同志身份、感情压力有关,惟不知真相如何。如前日所述,现代社会一切可消费,总是新的压倒旧的,过去了就仿佛不重要了。今天几份报纸平均下来,张国荣占去三版有馀,美伊战事二版,SARS 疫情二版不到,数量比例如此,至于何者更重要更值得关切,那就随人选定了。

儿童·扫墓·变

四月四日　星期五

"四月四日儿童节,我们儿童最快乐",小学校教唱的儿歌,以往每个儿童每年都可大唱一次,如今"儿童节"更名"妇幼节",且只纪念不放假,此曲大约也无人欢唱了。所有被打折或撤销的节日中,最让我不满的,就属这个。活在台湾,当个"国家未来主人翁",责任重大,福利微薄,尤其到了今天,还要兼职"白老鼠",以为成人教改之实验品,更是可怜!谁知越混越回去,连唯一"以儿童之名"的节日也被迫跟成人分享,真是"惨遭剥削"到家了。成人的理由乍看有理,什么"光儿童放假,造成大人困扰,干脆让妈妈相陪"、

"周休二日就够了，不必再多放假，只纪念就好"，冠冕堂皇之内，讲穿了，就是"没诚意"三个字。儿童毕竟还是成人的附属品，大人的问题先解决完了，顺便给块有样没料的鸡肋让你啃啃。老实说，"放假一天"没什么了不起，但"把儿童当作一个独立的存在"却很重要，"儿童节"形式意义、深刻内涵在此。搞不清楚这点，"我爱儿童"多半只是纪念口号耳。

四月五日　星期六

清明节。循例到泰山岩祭扫祖坟，往年都与父亲偕行，父亲往生后，孑然一人走在无路可走的野草荒坟之间，倍感孤独。"树欲静而风不止，子欲养而亲不待"，此恨悠悠，千古同心。烧完纸钱后，随处走看。"木槿荣丘墓，煌煌有光色。白日颓林中，翩翩零路侧。"昔阮步兵所见，与今得无异乎？往日父亲常指点祖坟不远处一红砖环围、铁锁闭门的墓园为"连震东父亲之墓"（父亲只认识连震东这名曾任内政部长的"大官虎"，也知道其子"吃米不知米价"的连战，却不知其父即为鼎鼎大名的连雅堂）。往事念及，心绪怅然，乃近前窥看。虽逢清明，墓园无人，也无祭拜痕迹，但维护得颇洁净。龙柏郁森,相思树林成荫。墓园占地不大,整体建筑只当得"朴实无华"几字,与三年前"总统"大选电视新闻以连家风水为题所报道的连震东墓园相比,差距实大。连氏系台南人,生前活动地点也似乎多在台北大稻埕一带,与泰山乡当无因缘,死后为何不归葬故乡,而选择埋身此地?真是让人不解。

夜里看球赛转播,有不可思议镜头发生。兄弟队投手风神投球完毕,捕手郭一峰将球回传时,金刚队打者蔡泓泽尚未完全退出打击区,结果一球砸中他的脑袋,头盔护耳都打断了,当场倒地不起,由担架抬出,形成"打者被触身球击中头部,投手没退场,打者也未获保送"的古怪场面。其罕见程度,大概跟几年前美国大联盟响尾蛇队名投 Randy Johnson 一球投出,正好打中闯进场内的飞鸟,鸟羽纷飞,即刻毙命那事差不多。棒球像人生,事事无常,什么想不到的都可能发生,此又一例。

四月六日　星期日

上午,到士林双溪祭扫另一祖坟,下午,祭扫八里曾祖母坟,年度大事告成,却也已疲累不堪矣。夜里,为写新稿,翻找台静农先生资料,看到一则有趣记载:一九二七年,瑞典考古学家斯文赫定与著名学者刘半农商议,提名鲁迅先生为诺贝尔文学奖候选人,并托台静农先生征求同意,鲁迅先生得知后迅即复函说:

"倘这事成功而从此不再动笔,对不起人;倘再写,也许变了翰林文字,一无可观了。还是照旧的没有名誉而穷之为好罢。"

这是世事洞明的卓见,也是富贵不淫的硬骨头。李敖大师旗帜鲜明,敌人"一个都不宽恕"的战斗意志,几乎与鲁迅翁不相上下。论到这点,却相去甚远。《北京法源寺》"诺贝尔文学奖提名纪念版"即为明证。

四月八日　星期二

巴格达商业区大轰炸,据称萨达姆父子躲到民宅开会,英美获内应情报,掩至轰炸,落弹千磅,地上炸出一个几层楼深的大窟窿。事后且放言,萨达姆父子极可能已毙命。是否即此,不得而知。本·拉登殷鉴在前,联军且莫得意过早。萨达姆最终或将丧命,但就历史经验来看,被亲近人士窝里反刺杀或穷途末路自我了断的机率,似乎都比这样"财大气粗"的滥炸滥射来得高些。

夜里,翻读笔记小说。朱元璋打得天下,定鼎金陵后,颇怀念十多年来为他谋划大小战斗的旧友田兴,几度征召晤面,都不可得,最后亲笔写了一封信,请人带到,信中几句话,写得很感人:

"皇帝自是皇帝,元璋自是元璋。元璋不过偶尔作皇帝,并非一作皇帝便改头换面不是朱元璋也。本来我有兄长,并非一作皇帝便视兄长为臣民也。"

田兴因此跟朱元璋碰面了,但约法三章,只叙旧不谈天下事。结果朱元璋还是忍不住谈了,田兴立刻走人,不知所终。朱元璋这封信,要说不是出于真心,我也不相信。但权力使人腐化,绝对的权力使人绝对地腐化。皇帝当久了,元璋就不是元璋,兄长却只是臣民了。这种心态,几百年后的今天,不也如是? 换了位子就换了脑袋,同志前辈都不要了。民主时代,事事公开,丑态更难看!

四月十日　星期四

连日春雨不止,午后始渐放晴。夜里与友人到士林夜市吃饭,不是假日,所以人少好逛,从头到尾绕了一圈,发现处处都是"生炒花枝"、"十全排骨"、"天妇罗"、"铁板烧",反而昔日较独特的"糯米大肠"、"花生糖"等都不见了。推测这些摊子并非"在额",搬迁后,无法分配摊位,所以流落了。难得可以慢慢吃了一碗生炒花枝、一碗卤肉饭,又带走一杯"青蛙下蛋",照例到仅剩的一家旧书摊晃荡,最后买得夏志清《文学的前途》、柴田炼三郎《猿飞佐助》、关关《天宝劫》跟两本国语日报旧版童书,要价不过二百元,殊便宜也。回家时,又下雨了。"东风未得颠如许,定被春风引得颠。晚雨何妨略弹压,不应犹自借渠权。"宋人心情,大约可知。

毛词·金山·仗

四月十二日　星期六

　　翻读旧报。四月九日《中国时报》五版为纪念创办人余纪忠专辑,沈君山教授追忆美丽岛大审时,余先生迂回规劝当局公开审判,为此设计于当年"时报文学奖"增颁"人权斗士奖"给魏某某。事先不知情,当时却莅临观礼的国民党秘书长蒋彦士因事出突然,颇感不悦。沈君山保存了当时旧照,余、沈、蒋三人表情各异,极为生动。此事纯属文人自我诠释,绝没有伟大到如报上所说"对台湾民主进程有关键性影响",因为稍稍了解历史跟蒋经国个性者,谁也不会相信美丽岛大审即是因此一"小动作"而公开的。

比较让人好奇的是,沈君山教授在这张照片背后题了一段诗句:"俏也不争春,只把春来报。待到山花烂漫时,她在丛中笑。"报上仅说这是"他人　诗句","人"跟"诗"中间看似编辑不小心还空了一格。然则,熟悉此诗句来源跟编辑流程者,当可理解,这很可能是完稿后,临时把三个字的人名换成"他人"两字所致。至于为何要换,原因无他,此"他人"不是别人,就是"毛泽东"。假如此诗题于照片拍摄之年,那沈君山通"匪"有据;假如题于今日,那沈君山政治不正确,总之都是病,或许为了省麻烦,干脆将敏感字眼取下了。

毛泽东这一阕词,词牌"卜算子",题为"咏梅",作于一九六一年十二月:

"风雨送春归,飞雪迎春到。已是悬崖百丈冰,犹有花枝俏。　俏也不争春,只把春来报。待到山花烂漫时,她在丛中笑。"

此词题下有毛泽东自注"读陆游咏梅词,反其意而用之",显系跟南宋大诗人陆游隔代唱和之作。陆游原词为:

"驿外断桥边,寂寞开无主。已是黄昏独自愁,更著风和雨。　无意苦争春,一任群芳妒。零落成泥碾作尘,只有香如故。"

论意境，论文字，毛泽东这词，一点也不比陆游差，更且同是"孤芳自赏"，毛词显然更多了一份自信满满的风发意气。这大概跟两人平生际遇有很大关系吧。

四月十三日　星期日

与大学同学相偕游金山，过访于此任教的同学，可算小型同学会。车走阳金公路，曲折蜿蜒，风景秀丽。过马槽后，穿行云雾间，更见快意。抵金山已近午间，同学极尽地主之谊，请吃野菜，开车导览，再喝下午茶。浮生偷闲，笑语款款。追忆大学往事，历历如昨日，掐指略算，却已是十多年前旧事了。同行三人，一刚从伦敦政经学院取得博士学位；一仍与博士论文苦斗；东道同学则自研究所毕业后，孑然飘往东台湾某海港高职任教，悠然自得，前二年从后山回到山前，还是不愿入红尘，选择躲在金山继续逍遥。众人都羡慕她"风尘不沾衣"，她只笑了笑："看得开才行！"

夜间翻读四季版杨牧旧书《年轮》，中有一段：

"屋外下着雪，我们在屋里生了一炉子的火，鹧鸪鸟不停地咳嗽，和他说了许多海边的事……有成百的鸥鸟，还有森林里神的歌声，我在想如果时间就在我们眼前停下来多好。这也许真的,过去的记忆和现在的一刻是一样的新,一样的好,我不相信明天的存在,我们可以活在没有明天的世界里,反复唱着一条歌。"

杨牧写这梦一般的文字,也是三十多年前的事了。阖上书页,我笑了笑,关上灯,在暗夜里静坐,等待明天的准时到来,跟在南港的他一模一样。

四月十五日　星期二

美伊战争接近尾声。萨达姆依然生死未明。巴格达秩序荡然,收藏西亚文明遗物、史料最多的伊拉克国家博物馆、图书馆惨遭劫掠,一片狼藉。开战前,美国学界即特别请求五角大厦务必小心保全,军方也答应了,最后下场却是如此。无怪乎到现场巡视的年迈女学者要频频摸额惨呼:"天呀!天呀!怎会这样?"伤心几至泪堕了。

书缘难说,随顺皆趣。前日才看过连雅堂墓冢,今天就在"古今书廊"买到他的《雅堂文集》。此集收入"台湾文献丛刊"第二〇八种,书前解题文末署名"百吉",即太师父前台大历史系夏德仪教授也。夜里翻读,其中《台湾漫录》有《香脚》一则:

"台人崇祀天后,而北港朝天宫尤著。每年三月十四日来南晋香,越三日乃返。随香之人多至数万,谓之'香脚'。从前铁路未通时,香脚多露宿,盗不敢劫,遗失之物亦不敢取,取之恐神谴也。刘芑川广文有诗曰:'曾门溪畔少行人,草地常愁劫夺频。何以春风香脚好,去来无恙总依神。'"

此则所写当即每年沸沸扬扬,轰动一时,连电视都要时时现场转播的"大甲妈回娘家"巡礼,只不过当年是往"北港朝天宫"进香,如今时移势转,寺庙矛盾迭起,已改为"新港奉天宫"了。

四月十七日　星期四

下午,挪威森林编辑聚会,来者皆相识友人,或任职报纸、出版社编辑,或以翻译为业,大家一起抽烟喝咖啡,鬼扯聊是非。交换编辑、翻译意见,讨论出版、书市现况,因来自不同处所,所见多元,十分有趣,若敢于自抬身价,也可吹擂说是"编辑沙龙"了。席间又谈及《苹果日报》:一个字四块,用钱打死人的稿费、"啃苹果,看真相"的清凉广告,以及所出的几档"号外"编辑手法。最后结论大致有二,一是:"奇怪,黎智英为何这么有钱?既然不可能是中资,那到底钱从哪里来的呢?"其次则赞成詹宏志前日说法,因为诉求、编辑的差异,《苹果日报》跟两大报不至于正面冲突,但市场紧张后,两大报,甚至三大报对打恐将难免。归途边走边想,若果真如此,"安危他日终须仗,甘苦来时要共尝",孙中山送蒋介石的那副对联,此时此刻,一字不改,联合、中时老板即可互赠互勉,还真的就可以把"仗"字解为"打仗"哩。想着想着不觉爆笑出声,路过女学生很纳闷地看了我几眼,大概以为碰到疯子吧!

四季·韵律·伤

四月十八日　星期五

　　连日咳嗽不止，每年春夏交季必发的气管炎，上周以来，似有蠢动迹象。搭乘公车、捷运，每一咳嗽，全车侧目，大约担心被 SARS 传染，心中虽好笑，但也不想造成别人不便，于是闭门在家写稿。

　　写倦休息时，偶然竟于电视 AXN 频道看到史蒂芬·金名篇 *The Body* 改编成的电影，此篇收入他的小说 *Different Season* 之中，八十年代皇冠"当代名著精选"曾由施寄青翻译出版，名为《四季》。"六一二"图书大限后，早经绝版，却常有人在网路上寻觅求购，受欢迎程度，可想而知。

此书讲述四段不同故事，包括纳粹馀孽、逃犯越狱等，都曾拍成电影。此篇系其中最好，也可能是史蒂芬·金这辈子写得最好的一篇，讲述四个小孩结伴到远处窥探一具车祸死尸的故事。旅途曲折，风波不断，归来后，世界大不同，人人都长大了。其中因纯真失落而带来的淡淡哀愁，略如小说家平路所言，海明威作品中常出现的主题：

"我们本是善良单纯的孩子，走到外面的世界之后，不知道为什么，在路上被人打倒了，从此以后，我们再不能够把自己拼回原状。"

此类小说，在美国自有其传统，马克·吐温《顽童流浪记》、沙林杰《麦田捕手》（大陆译作塞林格《麦里的守望者》）都是。台湾最好的一篇，则是郭筝的《好个跷课天》。仔细读过 The Body，再看看其出版时间后，很多人心里大约都会有个疑问："郭筝是否也读过史蒂芬·金这篇小说呢？"

也是从电视上看来的，华盛顿巫师队打完例行赛，亦即飞人乔丹到此退休，二十年征战生涯终于划上句点了。看到这则新闻，忽然想起球迷唐诺写过的一个故事："几年前，我偶尔和詹宏志一道看 NBA All Star，镜头出现大鸟，詹宏志告诉他的小孩阿朴说：'看，这是全世界篮球打得最好的人。'

一会儿,镜头换了乔丹,詹宏志一顿,又说:'这个,不是人.'"——自古名将如红颜,不许人间见白头。如今,打得最好的大鸟飞矣,不是人的乔丹退矣,幸而 NBA 不朽,后浪排空,传奇还在继续。

四月十九日　星期六

晨起,骑车到重新桥下跳蚤市场与网友 Booker 碰面。Booker 以买卖旧书维生,每逢周六日,都到桥下摆摊,平日则收书看书买书,人纯厚,心淡泊,连笑起来都很腼腆。此次除带回友人托买的"汉声精选世界成长文学"十多本,意外还买到民国十四年上海中华书局所印聚珍仿宋版《东坡全集》,全书共三十二卷,其中一、四、八卷已佚,若干卷也遭蠹啮,品相不算佳,但其中尺牍、奏议、记传,尤其"和陶诗"部分俱完整无缺,加上字体清明,墨色灿然,大不同于台湾中华书局影印版者,因此还是买下了。Booker 开价时,颇感为难,最后议定,还一直说:"卖贵了,你一定要说,我会不好意思的。"其人敦厚如此,又是一位领有"君子国"身份证的朋友。

四月二十日　星期日

晨起,骑单车运动,又绕到重新桥下跳蚤市场闲逛,Booker带来一大袋六十年代国语日报所出版"世界文学名著"童书，此与前所见三十二开本文字书大不相同，随手翻阅，许多都是绘本名著，此为生平首见，心中很是讶异，没想到六十年代中，台湾就有绘本，且是平装者。由于数量太多又有重复者，乃跟Booker约定，先协寻买主，下周来取。问他售价，我估计每本八十元不离谱，他却只愿卖五十元——这种生意人，打灯火也难找了。

夜里读夏志清《文学的前途》，书中谈及美国大批评家温脱斯（Yvor Winters）论诗好坏：

"一首好诗必有一个中心思想，而这个主题的发挥，必定有理可循，不是随便抓几个意象凑起来了事的。写诗必要讲究节奏，讲究meter，一个诗人，假如没有下功夫习写traditional meters的诗，一开头就写'自由体'、'现代诗'，他的诗一定写不好，正像一个画家，从未写生，一开头就学抽象画法，他的画永远画不好的。"

此论大可注意，原因是今日写新诗者，一味强调不受拘绊，以便体得自然。殊不知就连英文诗，也有古典、现代之分，意象靠想像，或属别才，但meter（韵律或节奏）一事，则要靠锻炼方始有成。在西洋，那就要从什么无韵体、双韵体、三行体、四行体、斯宾赛体、商籁体、法国回环体……研究起；在中国，则要深入了解传统诗词歌赋曲体例，方才有可能更上一层楼。当代诗人中，杨牧的新诗所以耐读堪咀嚼，meter 的提炼讲究，是一大原因。而这，想必与他深厚国学基础有着必然关系。

四月二十一日　星期一

台风即将来袭，四月而有台风，真是天有异象。据说，这是三十年来可数的几次之一。春天台风由于洋面温度不够，汲取能量有限，最后多半后继无力。惟天有不测风云，气象台还是提醒大家小心戒备。也因为台风关系，风吹云走，天空澄蓝得净丽，抬头遥望，心胸为之荡然。

下午受"开卷"之托，采访"何妨一上楼"主人文自秀，过程顺利，笑语不断，临走买了民国笔记小说《上海轶事大观》跟菊池宽长篇小说《新珠》。随后转往仁爱医院探望好友 C。由于 SARS 风暴加上事忙又生病，许久未来，日前电询病情，家人告已好转，可说话了。听后心中大喜，乃不顾咳嗽，特意来访。谁知前日病又恶化，再陷昏迷，眼见叫唤不应矣。归途悲情难说，转道友人酒吧叫了一杯威士忌喝着，边喝边想起台静农先生探望久病的庄严先生的《伤逝》文章："当我一杯在手,对着卧榻上的老友,分明死生之际,却也没有生命奄忽之感。或者人当无可奈何之时,感情会一时麻木的。"以前只觉得这文字好,如今更清楚体会蕴藏底层的百般无奈与悲哀了。大道多歧,人生实难。信哉!

四月二十二日　星期二

下午事毕,天凉气爽,决定步行到台北车站搭车回家。路过二二八纪念公园,稍事休息。此公园旧称"台北新公园",以前一直疑惑,既然有"新"公园,那"旧"公园在哪里呢?几次询问,都无答案。前日翻读"台湾文献丛刊"第二一一种《台湾旅行记》,中有"圆山:……有圆山公园,为台北旧公园"云云,才知新旧所指,但圆山公园究指今日何处,则又待查考了。黄昏公园,游人颇多,有下班归家者,有溜达散步者,有约会等人来者,闲坐纪念碑前铁椅,远处有一白发老翁吹奏口琴自娱娱人,《孤挺花》、《濛濛细雨忆当年》、《碎心恋》……一曲接过一曲,在夜风蓦起,在薄暮暗淡的春花树影车声人语之间穿走流淌,不知怎的,竟然让人感觉到了某种难言的哀意。天黑了,还是回家去吧!

瘟疫·变化·苦

四月二十五日　星期五

这二日,SARS疫情忽然告急。台北和平医院无预警封院,千名医护人员、病患、家属忽然陷入重重包围之中,被隔离起来。场面混乱,前所未见。有护理人员因心理压力冲出封锁线抗议者;有在外医师、护士,不应召唤,硬是不回院报到隔离者,加上电子媒体为抢独家新闻,无所不至的SNG连线,加强、放大恐慌效应,遂使举岛人心惶惶,宛如危域。百年之前,日人初登台湾,以其瘴疠横行,遂以"鬼界之岛"呼之,不想仿佛复现于今日矣。

然而,与黄热病、霍乱、疟疾、黑死病、白喉、天花相比,诚如友人所言，SARS亦不过是一种"还没找出适当治疗方式的流行性感冒"耳，罹患率、死亡率其实都不高，尤其早期发现，治愈率竟有九成以上。然则，恐慌从何而来？对于此病的内容"无知"固是其一，对于此病的流行"太知"当也是其一，电子媒体喜爱以"戏剧性"方式呈现新闻，提高收视率。生死一线、人性冲突的镜头，于是触目皆是，收视者未能细心拣择，便要被牵着鼻子走路，无法冷静思考了。有这样不知节制的电子媒体，老实说，我们还需要什么SARS呢？

四月二十六日　星期六

和平医院封锁线内传出死亡消息，一名家属因疑似感染SARS上吊自杀，一名重病病患也往生了，两者虽与SARS无直接关系，但若非隔离导致心理压力与资源人手匮乏，或者都可不死。我不杀伯仁，伯仁因我而死。SARS之祸大矣。

在家观看电视新闻并重读加缪《瘟疫》，其中有如下之言：

"纵有这许多不寻常的景象，我们的市民仍然认为，很难明白究竟发生了些什么事。虽然有诸如恐怖与别离这一类可以共同分担的感受，但个人利害仍然占据他们思想中的主要地位。至今还没有哪一个人真让自己去了解这场疫疠究竟包含些什么意义。大多数人仅只察觉到了那些扰乱他们生活步调与影响个人利益的成分。他们因而感到着急与恼怒——但这些都不是可以用来对抗瘟疫的感情。"

情势严峻，挑战必将接踵而至。那些曾经说出诸如"一边一国，一边有 SARS，一边没 SARS"这样轻佻言语的政客，该是羞愧后悔的时候了。不过，会羞愧后悔就不是政客，就不会说出这样的话。不是吗？

四月二十七日　星期日

在家写稿看书，午后出外骑车运动。非常时期，只有吃好睡好运动多，养得"头好壮壮"，方才不致 SARS 鬼缠身。颇担心还在医院加护病房的友人 C，但也无可奈何，此时此地，探病或者只会增加感染的可能，人我的麻烦。

闲读凌志军《变化》一书，讲"八九"之后至今的中国社会变化，文笔、观察均有独到之处。其中谈及九〇年代初的"撒谎企业家"情事，其可笑而令人诧异程度，简直就像清末《二十年目睹之怪现状》的翻版。譬如有一位"天庭饱满，大脸盘，高鼻梁，头发向后背着，故意打扮得像个领袖，说话中气十足,一副大将模样"的"牟其中",他的公司门口挂着紫檀色大木牌子,用魏碑体写着企业口号:"世界上没有办不到的事,只有想不到的事。"至于他所想的事则是:

"大笔一挥,和满洲里市市长签个协定,说是要在这个中俄蒙的边境小城再造一个'北方香港';然后再一挥,宣布要和俄罗斯共同发射卫星;然后又一挥,说在三年内收购一千家国营企业。……这次是计划在喜马拉雅山炸开一个缺口,让印度洋的暖风从这通道里涌到中国这边,把青藏高原变成万里良田。大家都在等着他去埋炸药的时候,他却请了一帮子专家,开始研究'通天河计划',说是要将青藏高原上的六大江河——雅河、怒江、澜沧江、金沙江、雅砻江和大渡河,筑堤成湖,凿渠成河,形成八百公里人工水系,浸润西北大漠变成绿洲,贯通黄河流域,东进华北,直抵京畿。"

这样"吹牛皮"的话,换在今日中国,只怕没几个人听得下去了。可在当时,经过记者吹捧,相信"凡是报纸说的总不会错"的大陆老百姓,即使"大跃进"殷鉴未远,还是听得如痴如狂,"好多企业都说这人了不起,都在想方设法把自己卖给他"。跟这个相比,某友人跟我说的"在台湾,只要你敢开,无论哪种补习班都会有人来补"的说法,显然很落后很落后。

四月二十九日　星期二

疫情仍在发烧,捷运、公车上戴口罩者明显增加。偏偏气管仍不舒服,为恐咳嗽惹人惊慌,上车总要坚忍,下车后才奋力咳得七荤八素,十分痛苦,也算是 SARS 并发症候群吧。某女性友人坚持不戴口罩,尤其全罩式者,原因是"很像奶罩哩",听过此言后,每见有人戴此型口罩,便直想笑。孰知午休乱翻报,竟然看到一则消息:由于口罩缺货抢手,已有胸罩厂改行缝制口罩,大捞一票!

下班后,由公司走路到台北车站搭车,绕道重庆南路,书店顾客寥寥,生意显然已受影响。此影响反推回出版社,今年恐怕不会太好过了。此时此刻,减少出书量,谨慎选题,韬光养晦,守时待变,或者是不得不的选择吧。夜里读薛冰《淘书随录》,其中有记:"据说南京新华书店管进货的业务员,不少是京剧团、歌舞团等文化团体转行过来的,其根据书目选书的水平可想而知。有一个笑话,说是莎士比亚的书中,蒙这些艺术型业务员们最看好的一本是《温莎的风流娘儿们》,结果造成大量压库。"把徐四金《香水》摆到"时尚流行类",只是造成顾客不便,不致"压库",都还算小事,金石堂书店其勉乎哉。

五月一日　星期四

五一劳动节,放假一天。不知情的我还到办公室上班,等了半天,都无同事进来,心中不安,还以为又跟 SARS 有关。经过询问,才知道自己搞错了。下午提早返家。黄昏由新闻得知,和平医院护理长陈静秋女士因尽忠职守,得染SARS,几经转院抢救,不幸仍于今日病逝。与此同时,几经召唤,始终不应,还到处写信告洋状的和平医院消化外科周经凯主任,在拘提、撤职的威胁下,终于回院报到。两相比较,人性光辉与黯淡,判然有别。有记者以此事访询勇敢深入和平医院隔离区奋战的叶金川医师意见,忙得不可开交的他对媒体以此相扰颇不耐烦,几经追问,脱口说出:"我建议政府把他枪毙了啦。"快人快语,未必是真,却道出了许多"台湾人的心声"。

继续乱翻书,明代谢肇淛《五杂组》谈到爱书人之病的一段话,值得细细体会:

"好书之人有三病,其一,浮慕时名,徒为架上美观,牙签锦轴，装潢炫耀，骊牝之外，一切不知，谓之无书可也；其一，广收远括，毕尽心力，但图多蓄，不事讨论，徒浣灰尘，半束高阁，谓之书肆可也；其一，博学多识，矻矻穷年，而慧根短浅，难以自运，记诵如流，寸觚莫展，视之肉食面墙诚有间也，其于没世无闻均也。夫知而能好，好而能运，古人犹难之，况今日乎？"

征露·冷摊·命

五月二日　星期五

　　《苹果日报》正式发刊，每份五元，加赠钟丽缇清凉海报一张。据称出报六十万份，迅即一空。中午到便利商店购物，发现仍有残馀，随手带回一份翻阅。整体感觉与港版无多大差异，仍以耸动标题、腥膻色内容为主，事件照片肆无忌惮暴露，报纸的新闻自由无限延伸，被报道者的人权隐私一无顾及。最让人难过，但也预料得到的是所谓"副刊"中刘大任专栏，短短五百字，开场都不够，一如董桥初入香港"苹果"，无非半朵壁花耳。前日黎智英洋洋洒洒发表一篇办报感言，文末称要当个"绝不干涉"的老板，其言大约就如在

"一个中国"前提下,台湾怎样搞都可以。

　　下午到光华商场采访。受到 SARS 影响,商景冷清,顾客寥落。前日听人言,原本人潮如涌的通道,难得可以从这端直视彼端,一无遮掩。今日一见,果然不错。距离上一次看到这般"清明"景象,已是二十多年前的事了。因此急忙让随行同事拍下此难得镜头。归途路过工专(北科大)门口,蓦然发觉在校时才一人身高的路榕,已是仰望荫浓,树须垂垂,径可合抱了。"树犹如此,人何以堪?"古人慨叹,真是一点没错。

　　夜里不知何故,头痛、腹痛不已,幸得未曾发烧。静坐翻阅黄俊东《猎书小记》,此书话名著,向往多时,搜罗总不至。前日于"聊斋"缘识香港林冠中兄,畅聊一阵,竟蒙寄赠。一九七九年明窗初版,品相奇佳,触手如新。千里之爱,感何如之? 这几日颇思有以回赠,几经思量拣择,总无适当相称者,十分伤脑筋。深情难为报,此又一例。

五月三日　星期六

　　晨起,头痛已愈,腹痛不止,翻箱找出"正露丸"服用。"正露"者,"征露"也。"露"指"露西亚",日文汉字,"俄罗斯"也。据称此药丸乃上世纪初日俄战争时日人发明，专用以医治士兵痢疾腹泻者。日治时期传入台湾，成为家居必备药品，因其味浓，俗称为"臭药丸"。从小家中有人腹痛，吞食数颗，即可见效。此次却有些失灵，直到午后，腹痛悠悠依然，因也忍得，所以就懒得看医生去了。今日起起卧卧懒懒散散，看了一场 NBA 季后赛，一场中华职棒，胡乱杀去时间，坡翁称"因病得闲殊不恶"，想必即是如此心情。

五月四日　星期日

腹痛已无大碍，上午骑车再逛重新桥跳蚤市场。此日书缘殊胜，于一冷摊低价购得扫叶山房光绪石印本我佛山人《滑稽谈》、光绪丙子年天目山樵批校商务印书馆铅印精装本《儒林外史》、光绪三十四年上海广智书局铅印精装本《分类精校饮冰室文集》下册。我佛山人即吴趼人，清末活跃于上海文坛的说部作家，阿英将他与李伯元、刘鹗、曾朴并称为"清末四大小说家"，最有名作品包括《二十年目睹之怪现状》、《恨海》、《九命奇冤》等。此《滑稽谈》为其笔记小说，类如时事札记，颇可见出其创作根据与乎当日上海社会情状，此册颇疑即初版本。《儒林外史》、《分类精校饮冰室文集》，虽非罕本，但因出刊恰当中国新旧出版交接之际，或足为中国早期西式印刷装订参考。

除此之外，复于另一摊中购得一九五九年艺文印书馆影印线装《波外诗稿》。此书大可注意。"波外"即"波外翁"，台静农先生《龙坡杂文》之《记波外翁》一文中的乔大壮先生也。乔氏与鲁迅先生亦有渊源，战后受聘为台大中文系主任，受到许寿裳先生之死刺激，精神不稳，纵酒潦倒，重返大陆后，竟弃世自杀。此书收录遗诗两种，印刷不甚精，亦可见出当时克难窘状。其中有以"何处难忘酒"为题者，或可略见此翁心情：

"何处难忘酒，忧罹失古今。市贫兵子贵，王髳战氛深。割据夸侨置，谈言待陆沉。此时无一盏，危涕更能禁。"

五月五日　星期一

疫情扩散加剧，医护人员纷纷病倒，台湾几成危域矣。海外友人来信问讯，苦中作乐的回答是："逛街危险、看戏危险、唱歌危险、聚会危险、人多的地方危险；运动散步好、早睡早起好、居家自处好，这下子想不正常过日子都不行了。上帝透过 AIDS 教会人类安全性行为，透过 SARS 又在教我们如何正常过日子了。"

近日读毕的几本书：凌志军《变化》，甚佳；脸谱卜洛克新系列《杀手》，无甚感觉。此君作品，《史卡德》最好，《雅贼》、《杀手》均无足观。阅读《杀手》时，不知怎的，一直让我想起古龙的小说，此事有空当可细辨；陈芳明《荆棘的闸门》，颇佳；柴田炼三郎《猿飞佐助》，讲述关原之战到大阪冬之阵间，真田幸村辅佐丰臣秀赖与德川家康对抗的时代小说，著名忍者自猿飞佐助以下，一一出笼，小说情节敷演，真有不可思议、引人入胜之处。柴田氏享誉日本文坛数十年，绝非浪得虚名。从《决斗者宫本武藏》、《孤剑不折》到《眠狂四郎孤星剑》，此君在台湾，大约也拥有一大批"粉丝"（fans）才对。

今日开始重读《醒世姻缘》，此书初阅早在二十馀年前，读的是大东书局害死人眼睛的双栏细字本。前几年屡听友人谈及此书，说是被低估了的小说，亟思找一好版本重读，前日于茉莉书店购得联经点校注释本，版式清朗堪读，因得遂愿。

五月六日　星期二

夜里接获电话，好友 C 病情告急，赶赴医院，虽及见一面,但都无知觉矣。午夜前溘然而逝,奋战挣扎半年,终于还是不敌造化,安息天父怀抱。众人强抑伤痛,料理后事,直至送往殡仪馆厝置。归家后,身累心哀,辗转难眠。二十馀年往事如潮涌现,东引"反共救国军"初遇历历在目。此生交友多,知己少,C是少数一人,无奈命如纸薄,英年早逝。满城风雨故人去,暗夜中缀字成行,略志悲情:

生命是海浪

溢过来溢过去

旧的退了

新的就要涌来

涌得累了

有一天,我也会

浸润在暗黑之中

闭眼仰视蓝色星光

让那一滴清凉

静静掉落我的胸腔

慢慢慢慢慢慢

我就会见到

久违了,兄弟
属于你我的笑容
与乎无垠光亮

初夏·官僚·狐

五月九日　星期五

春去也，时已立夏，梅雨就要到了。"黄梅时节家家雨，青草池塘处处蛙。有约不来过夜半，闲敲棋子落灯花。""梅子流酸溅齿牙，芭蕉分绿上窗纱。日常睡起无情思，闲看儿童捉柳花。"宋人这种闲情，如今岛上大约都没有了，不仅因为现代文明逼人喘不过气，更重要的是，SARS 疫情如乌云盖顶，明日如何都不知，谁还闲适得起来呢？

案头有书，明人戴羲所辑《养馀月令》，夏四月两则与书画相关，苦中抄录聊为趣：

"收书：未梅雨时，开阁橱晾燥，随即闭门。内放芸香或樟脑,不生蠹鱼。芸香即七里香也。"

"收画:未梅雨前,逐幅拂去蒸痕,日中晒晾令燥,紧卷入匣,以厚纸糊匣口四围,梅后方开。匣须杉木、杪木为之,内不用纸糊,以辟霉气。"

这是跟着天地生活,依节气过日子的方式,如今人工压过自然,有口防潮箱,事事皆搞定,一切仿佛进步了,但,也疏离了,跟难得一抬头、低头相逢的天与地。

五月十一日　星期日

NBA 季后赛,今年第二轮就打七战四胜制,球员负担更重,但潜力仿佛也更加发挥了。张飞战岳飞,往往杀得难分难解,满场乱飞。今天连看两场,费城七六人赢了底特律活塞,东区球队重防守,打得平平,不算太精彩。另一场西区达拉斯小牛对沙加缅度国王可就不同了,大家拼命攻,你砍我一刀,我刺你一枪,高潮迭起,最后经过两次延长赛,小牛方才以一四一比一三七赢球。双方得分有些吓人,但更叫人咋舌的是两天前的比赛,半场时间,小牛就灌进八十三分,简直匪夷所思! 大体而言,随着全球化浪潮,整个 NBA 体质也在不断幻化,最显而易见的是,普天之下的英雄好汉都来剖腹相见了，德国、法国、加拿大、俄罗斯、西班牙、中国……不同的文化创造出不同的球风，不同的球风融于一炉，更见奇彩瑰丽。相对于此，乔丹的退休，很可能即代表"美国 NBA 时代"的退场，以后球队要好，想得冠军，没一二个外籍球员，大约不容易了。

五月十二日　星期一

今日起，搭乘捷运一律需戴口罩，违者罚款。搭车时但见人人一罩封口，两睛流露无奈，为了保命，虽然不便，也只有认了。台北捷运有个好传统，秩序井然，人人都能安守规定，以前便有位朋友说过："好奇怪，台北人怎么一钻入地下，都成了文明人了？"此事难解，或跟"现代化的魅惑"有关，还待慢慢观察。

晚间看新闻，阿扁洋洋得意自曝内幕，和平医院封院围堵与其接获民间友人电话投诉，紧急采取"三十六小时作战计划"有关。此事是否项庄舞剑，意在"打马"？即可不论，重要的是，由此显示，整个医政体系半已瘫痪，体制内正常通报系统大有问题，难怪纷纷扰扰了半天，至今仍无法整合出一套有效方案出来。前日被疑为感染源的曹女士痊愈出院前有云："SARS不可怕,谣言才可怕!"其实未必,真正可怕的,或者是天下乌鸦一般黑的"官僚"——让人民连一个口罩都买不到,让医师连件防护衣都没有,这样的"政府",无论中央地方,大约都不能说是"有为"的了。哀哉!

台语有"牵猴"一词,意指"拉拢男女双方搞不正常关系",始终未解为何是"猴"而不是"狗"、"猫"或"猪"。夜读《醒世姻缘》中有"牵头"一词,与"牵猴"意思相同,颇疑即是由此讹音而来,转让齐天大圣猴子猴孙蒙此污名了。《醒世姻缘》不少词语可与台语相发明,旧书新读,别有收获。

五月十三日　星期二

忧潮如涌,夜不成眠,随手翻读《阅微草堂笔记》,偶见一则云:

"宋村厂佃户周甲,不胜其妇之箠楚,夜伺妇寝,逃匿破庙。将待晓,介邻里乞怜。妇觉之,追迹至庙,对神像数其罪,叱使伏受鞭。庙故有狐,鞭甫十馀,方哀呼,群狐合噪而出曰:'世乃有此不平事。'齐夺甲置墙隅,执其妇,褫无寸缕,即以其鞭鞭之,至流血未释。突狐妇又合噪而出曰:'男子但解护男子,渠背妻私匿某家女,不应死耶?'亦夺其妇置

　　战后台北旧书店源自牯岭街。此地原是台湾总督府文官宿舍区，一九四五年日本战败，等待遣返的日人沿街摆摊，抛售图书，形成书市。一九五〇年代之后，流亡来台的外省人士，接续出售字画图书，形成台北旧书店第一次高潮年代。

　　一九七〇年代，牯岭街拓宽，书商遭迁置他处，人去街空，只剩下少少几家还在营业。简陋的房舍，留下了旧书"摊"的记忆。

　　二〇〇〇年后，茉莉二手书店引领风骚，以"新书店"概念经营旧书店，注重柜位分类、空间设计，掀起台北旧书店改革风潮。

茉莉台大店里，下班后，正在聚精会神找书的书友。

　　台北店租昂贵，旧书店渐往二楼跟地下发展，茉莉师大店便位于地下室。

茉莉二手书店以"环保公益"为经营理念，常与社福团体合办募书活动，济弱扶倾。

　　明目书社不是旧书店，而是台北最早贩卖简体版书籍的独立书店，门面虽然简陋，却因书店主人博学懂书而知名。

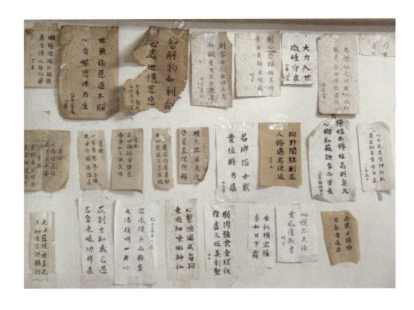

　　明目书社主人爱写字，墙壁上满满的联对，都是信手拈
来的杰作，这也成该店一景了。

走在台北公馆、师大商圈，偶而抬头，常会碰到二手书店店招。"爱阅"位于三楼之高，乃由身障人士所集资开设，招牌上的"轮椅"也是一种招徕顾客的标记。

　　"蠹行"兼营文物买卖，有古董店的味道。老板格外敬
佩已故台大教授殷海光，门口特别复制了他的一段话，作为
店招。

　　"青康藏书房"当读若"青康·藏书房",青康者,地近青田街与永康街也。

青康藏书房藏书丰富，风景独好。书店主人正与老诗人
周梦蝶闲聊。

　　旧香居闻名遐迩，算得上港澳与大陆书友最熟知的台北旧书店。该店大隐隐于市，顺着师大夜市窄窄巷道，走到底便是了。

　　旧香居女少东留法归来，爱旧不弃新，整体视觉感受，
类如东京神保町旧书店。

　　旧香居以文史哲绝版书为销售大宗，兼营字画信札，进出的文人格外多，经常举办讲座跟展览。

旧书飘香，岁月悠悠。

墙隅,而相率执甲。群狐格斗争救,喧哄良久。守田者疑为劫盗,大呼鸣铳为声援。狐乃各散。妇已委顿,甲竭蹶负以归。"

此则有趣在于:一、传统父权社会,老公被老婆打得满街躲,诚属少见;二、狐狸打抱不平,扰乱一池春水,确实好玩;三、男狐护男,女狐为女,混战一场,想像其景况,不禁大笑。有位朋友说:全世界最无解的事,一是性别,二是政治。此语诚然不虚。男与女的战争,自古已然,于今亦是;不自解决,祸延诸狐。

五月十五日　星期四

疫情扩散,高雄长庚、台北台大、马偕,桃园敏盛医院纷传院内感染。台大被隔离医护人员多达二百多人,急诊处不得不休诊。午后,和平医院林重威医师病逝,成为第一位殉职的医生。友人来信谈及书市萧条景象,担心继续下去将会形成连锁效应,导致产业危机。触目皆是如此黯淡消息,心情难得轻松。无所作为之人,也只能谨守本分,好好上班,早早回家,洁身自好,千万别染病上身,造成超负荷的医疗系统更大负担了。

小说·大雨·煞

五月十六日　星期五

　　几位喜欢写小说的年轻朋友,在"明日报个人新闻台"开辟了一个名为"小说家读者"的共同网页,写文章也讨论小说种种。在小说艺术逐渐式微、分化的时代里,还有如此热情,真是让人钦佩。夜里正巧翻读李锐《银城故事》,同样是写时代变迁底下的小城(家族)故事,跟《旧址》相比,这一本似乎逊色许多。因此也想到"什么是好小说"的问题,个人看法大致如下:

　　好小说总是让人感动的,所谓"感动",未必是掉眼泪,而是在你阅读过程中,心有所感,动念之后,或者笑,或者哭,或者叫，或者说生命中某种前此还被掩映未显的思绪，就此被牵引流溢而出了。小说要写得动人，并不太难，故事离奇（结构）或叙事多致（手法）就行了，这也是好小说家代有人出，读者永远不寂寞的原因。然而，好（good）小说未必就是伟大（great）小说，因为"感动"是有时间性的，受到时潮影响，当代人会感动的文字，十年、二十年、一百年，萧条易代不同时了，人们还会不会感动？那才是真正评断小说伟不伟大、能否传世的关键（好的评论家也就是那种一眼就能看出"会"或"不会"，且说得出原因的人）。

如果连现代人都无法"感动"的小说，当然称不得好。《银城故事》，我觉得是这一类，《厚土》、《旧址》，则是可以让人感动的。小说家跟任何行业一样，没有百战百胜的，十部作品能有八部让人感动，那就很了不起了。

本日湖人队遭马刺扫地出门，四连霸美梦破灭，紫金王朝颓象毕露。

五月十七日　星期六

续读《阅微草堂笔记》，置身狐鬼世界，聊解愁端。谁晓得在书里看到的文字，随便就会联想到现实种种，毕竟对于

那些"防疫不忘选举,制煞当作政争"的政客,以及连"我也不知道口罩在哪里"杀人于无形的官僚,义愤难平,徒呼负负:

"仕宦热中,其强悍者必怙权,怙权者必狠而愎;其孱弱者必固位,固位者必险而深。且怙权固位是必躁竞;躁竞相轧是必排挤。至于排挤,则不问人之贤否,而问党之异同;不计事之可否,而计己之胜负。流弊不可胜言矣。"

这段话大约就是台湾这几年来的政治写照。为了"卡位"、"抢票","不问人之贤否,而问党之异同;不计事之可否,而计己之胜负",这样的民主,到底意义何在? 无关人命时,闭眼也就过去了。如今人命葬送历历,倘若因此有醒,遇缘则有师,或者 SARS 风暴,也不尽然都是负面。但,可能吗?

五月十八日 星期日

大雨滂沱,终日不歇。午后,大开窗户,横躺地板,静听雨落檐声,慢慢竟能闻出风、雨的味道。有时候,味道也是一种记忆。少年夏日,西北雨多,骤然打落,往往扬起某种特殊尘土焦味,这种焦味与乎雨后白烟微起的湿热柏油路面,竟成为一世代人的集体记忆。"我们底恋呀,像雨丝,/斜斜地,斜斜地织成淡的记忆。/而是否淡的记忆/就永留于星斗之间呢?/如今已是摔碎的珍珠/留满人世了……"心中追记默背那位爱登山的诗人的诗句,闭眼渐渐眠去。醒来时,雨还继续落着,天已黄昏。

五月二十日　星期二

若从和平封院算起,SARS 风暴将近一个月矣。相关报道成篇累牍。晚上很无聊地把相关译名做了一个整理:SARS 原为 Severe Acute Respiratory Syndrome 的简称,中文意为"严重急性呼吸道症候群"。最早在新加坡肆虐时,就曾讨论该翻成较中性的"沙斯"、"萨斯",还是具有警惕意义的"杀死",最后该地华文报纸选择了"沙斯"。在香港,似乎都跟着祖国走,就称"非典型肺炎",简称"非典";到了台湾,台独基本教义派称之为"中国肺炎",媒体往往直接以英文示意,后来又有"煞死"、"煞滋"的译法出现,前者跟"民俗信仰"靠拢,后者还多了一层"爱滋"的威胁。

有趣的是,"煞"到底是什么呢? 特别翻查了《中文辞源》,"煞"指凶神,《颜氏家训·风操》称:"偏傍之书,死有归杀。子孙逃窜,莫肯在家;画瓦书符,作诸厌胜……"其中的"杀"就是"煞"。"煞"一般都跟死亡脱离不了关系。直到今天,民间仍流传,路过丧家,值逢遗体进出或入殓,行人乃至生肖相克者,都要背向回避,以免被"煞"到了。《阅微草堂笔记》里也有一则引张赞《宣室志》说:"俗传人死数日,当有禽自柩中出,曰'煞'。"所指即此。

"煞"有"绝对"、"相克"的意味,后来被引用到男女爱情上,早期台湾因此有所谓"煞到你的顶八卦"(被你的上半身所吸引)的说法。后来流行歌手伍佰引用入歌,某一段时间,台湾大街小巷都听得到他声嘶力竭的吼叫:"煞到你!"换在此时此刻,大约会成为人人喊打的过街老鼠吧!

五月二十二日　星期四

媒体的副作用之一是"放大"。这些日子,天天看电视、读报纸,看得愁绪万端,郁郁寡欢。今天跟一位医界友人谈起,他劝我放宽心,原因是二千三百万人中,实际感染人数至多五百,比例不过四万六千分之一,实在不用太担心,只要讲纪律,守本分,感染机会真的不大。且流行病有一定时期,到头来总会衰退,新加坡、香港即是实例,如今大家拼命一争的,也不过就是"早晚"而已。至于经济冲击,吾等升斗小民,除了馨香祷祝,"打落牙齿和血吞",又能怎样?挂上电话,深感有理,即想到两件事,一是再不要看那么多电视、报纸了;二是把鲁迅翁《人与时》短诗拿出来再读一遍:

"一人说,将来胜过现在。/一人说,现在远不及从前。/一人说,什么?/时道,你们都侮辱我的现在。/从前好的,自己回去。/将来好的,跟我前去。/这说什么的,/我不和你说什么。"

接下来,不要再"说什么"了,赶紧跟时间赛跑,跟他前去吧!

寒山·平等·鉴

五月二十三日　星期五

僧而能诗,最富传奇当属寒山,六十年代嬉皮风最盛时,"花朵的儿女"尊为偶像者,政治上的毛泽东、文学上的寒山,而今风定花落,倏乎无踪,俱成往事矣。晨起极早,一边收听昨日买的《乱舞·津轻三味线》CD,一边点检书册,偶于架上发现数年前于旧书店购得的 *The Collected Song of Cold Mountain* 一书,而有此想。此书为美国华盛顿州 Port Townsend 的 Copper Canyon Press 于一九八三年出版,无论版型、纸张、装帧俱为上乘,尤其中英对照所用之楷字,笔画清晰古雅,彼时当无电脑排版,此中文铅字如何而得? 翻视地图,Port Townsend 远居边隅,离西雅图还有一段距离,疑惑乃更深。此书由 Red Pine(赤松)自中文移译,由译序题记得知,是 Insects Astir, Year of the Dog 于 Bamboo Lake, Taiwan 完成的,换算时当一九八二年初春惊蛰之日,至 Bamboo Lake 或即阳明山竹子湖,然则此 Red Pine 身份更惹人好奇,不知是洋人或华人了。其译文简洁有致,颇得寒山三昧,举最有名的《吾心似秋月》为例:

吾心似秋月,My mind is like the autumn moon,

碧潭清皎洁。in a jade pool clear and bright.

无物堪比伦,Nothing can compare.

教我如何说。Tell me what to say.

随手翻想探索,不觉窗外渐亮,鸟啼在耳。转看晨光已铺满街,远处有小童呼喊同伴结群上学,一日又始矣。

五月二十四日　星期六

抗 SARS 副总指挥李明亮先生报告岛内疫情渐趋平稳,国人可恢复正常生活。口罩规定还不能解除,但例行会议、工作等,均可如常了。李先生昔年舍弃高薪转赴花莲医疗时,许多人为他可惜,他却坚持奉献,台湾医界"人格者"一脉不泯,李先生自居其一。他在花莲时,还曾创办"独虎出版社",出版其所收藏一八九六年台湾民主国"独虎邮票"之相关文献与科学分析,十分有趣(也保证赔钱了),亦可见其热爱乡梓之心。观其行而听其言,因此尽管外电认为台湾疫情高峰未过,我还是甘心相信李先生的话。上午即往重新桥跳蚤市场闲逛,绕行一过,毫无所得,临走不死心,再看了几摊,果然找到一套线装铅印本《右任诗存》,一九五一年台北文明印书馆印行,上下二卷,收录于右任先生早年与来台后诗词。于右老书名满天下,人求一字而不可得,据闻其诗词亦有过人之处,早思一读,经年搜索无得,不意成于今日。一书即满箧,乃洋洋归去!

五月二十六日　星期一

夜里,与友人聚餐。其中一位自北京归来,甫隔离期满出"监"。闲谈提及两地新人创作,友人分析,台湾新生代技巧、语汇都好,但不够深沉,大气难显。彼岸资讯相对封闭,创作题材、技巧较逊,文字却远较台湾深刻。友人归诸于"岛国"与"大陆"文化积累所致,此或可成一说。归途夜风狂吹,念及家国前途,勇于私斗而怯于公战,私利凌驾公义种种内耗景况，不禁一阵黯然。

茉莉书店老板娘来电告知，南势角夜市"古本屋"，因老板过世，准备出清存书，结束营业。是又少一旧书摊矣。夜里因感撰文《光华断想》，追忆光华商场三十年变迁，不胜沧桑之感。

五月二十七日　星期二

捷运途上，接连几日翻读新书《木棉的颜色——工殇显影》，今日而毕。这是何经泰为遭受职业灾害工人所做的摄影纪录，兼有口述文章，一图一文一感伤，一边翻读一边想起今早所看《中国时报》专栏，李家同教授感于此次同为抗SARS殉职，却因身份而遭差别待遇的看护工、洗衣工等，所发出的呼吁：

一个社会，越是平等，人们会感到越幸福。所谓平等，不是在财富上的平等，当然也不是在权力上的平等。任何一个社会，都会有一些比较有权有势的人，也更会有一批比较富有的人，但是那些无权无势的小老百姓，如果知道他们也受到应有的尊重，他们会觉得这个社会是一个富于公义和爱的社会。

如今，全球一家，资本主义万万岁，旧式社会主义毕竟落伍了。但时潮一如浪潮，退后会再来，台湾社会不平等日甚一日，贫富差距若再继续加深下去，马克思百年前所言，或者再度成真，不堪剥削的弱势者难说不会搏命反扑的：

"自由民与奴隶，贵族与平民，地主与农奴，行东与帮工，简言之，压迫者与被压迫者，始终是处于互相对抗的地位，进行着不断的，有时是隐藏，有时是公开的斗争，每次结局若不是全部社会结构受到革命改造，便是各斗争阶级同归于尽。"（《共产党宣言》）

五月二十八日　星期三

每周三晚，总要兴致勃勃收看有线频道"开运鉴定团"，此节目卖点无他，把你家所藏自认为可能的宝物，拿来给文物专家鉴定，确认其价值。由于传家人人有宝，于是乎纷纷翻寻送鉴，"储藏室垃圾变千万国宝"、"心爱古董转瞬一文不值"的戏剧化场面层出不穷。今夜最高潮是偏僻的富山县某一集邮者，接受曾任记者的女性友人馈赠一苹果箱夹杂信件、剪报等等的废纸，翻弄之后，方才发现其中竟有大正、昭和时期小说家芥川龙之介、有岛武郎、德田秋声三人手稿与信函共五件,鉴定结果价值一千一百万日币,简直不可置信,福从天降!每回看到这种大冷门,尤其是自信满满千万元古董被评为几千块赝物时,我总会不禁浮想,当天晚上,拥有者到底要如何跟被鉴定物相处?未定的价值是希望,确定的价值,如非"破灭",就是"负担",怎么说,都不容易轻松以对。

五月二十九日　星期四

我们的教育到底怎么了?陆军官校学生(还是重要实习干部)作弊被开除,已经拔阶,却还穿着军服由家长陪同,四处找"立委"陈情,上电视抗议,要求学校道歉,减轻处分。海洋大学学生到垦丁旅游,潜水猎杀保育类海洋生物,拍照留念还大剌剌张贴于网站,供人欣赏。台湾有"民主"而无"伦理",此又二例。封建时代提倡"君君,臣臣,父父,子子",攻讦者认为是"人身钳制"、"愚民之道",然而,过犹不及,一旦而人人只知"权利"而不知"责任",行事无分寸,行己无耻,"教育部长"不像"教育部长",风行草偃,学生也自然不像学生了。

另一件妙事,离岛求助无门,"中央"爱理不理,金门县议会居然通过决议,请求红十字会向中共求援抗 SARS,希望对岸提供医疗援助,并不排除将患者"后送"大陆。前些日子,友人来信言及,台湾一片乱糟糟,这样无能的"政府"非下台不可!我劝他稍安勿躁,静观其变。如今不免渐渐同意他的看法。悲哀的是,就算"这样"的"政府"下台了,我们真的就会有一个"那样"的"政府"出现吗?唉,够惨了!

绑架·城墙·丸

五月三十日　星期五

"老骥伏枥,志在千里。烈士暮年,壮心不已。"曹操这四句诗,拿来形容今天马刺队的柯尔真是再贴切不过的了。西区冠军战第六场,系列战胜负三比二,小牛队挟前场胜利馀威,全力反击。马刺邓肯身疲矣,罗宾逊人老矣,派克手软矣。第三节甫始,已落后近十分,惊涛骇浪一再拍岸,眼看胜利难保,猫头鹰脸教头死马当活马医,拈出昔日"公牛王朝"孤臣孽子,身拥数枚冠军戒指,季赛、季后赛却总只能孤芳自赏,坐在冰冷板凳上玩玩龙套的柯尔上场,但见高龄三十七的这一把老骨头不慌不忙,乱军中频探囊,取上将首级如无物,接连砍进四个三分球,战况就此大逆转,宰小牛烹大鲜,四胜二败,马刺挺进冠军总决赛。接下来,全 NBA 最好的后卫奇德大战最佳中锋邓肯,德州马刺厮杀纽泽西篮网,精彩可期,所以,六月,还是继续常常请病假下去吧!

五月三十一日　星期六

好友 C 葬礼之日。上午六点半即出门,八点开始入殓礼拜,近月不见的 C 面色略黑,神态安详依旧。在牧师祝祷、领唱圣诗下,仪式完成,棺木顺利火化。下午追思礼拜,我以友人身份致词追思,援引《圣经·传道书》"凡事都有定期,天下万务都有定时。生有时、死有时。栽种有时、拔出所栽种的也有时"、《撒母耳记》"我必往他那里去,他却不能回我这里来了"诸语,为其短暂的一生跟彼此的友情作见证。待送骨灰上山安厝,下山聚餐,回到家已九时馀矣。夜里于灯下翻阅其纪念小册《天上有个胖天使》,追忆往事种种,卷末系其国小一年级小侄女的话,童言稚语,天真让人转生安慰:

"我ㄐㄩㄝˊ得三ㄕㄨˇㄕㄨˇ很快乐,因为他ㄒㄧㄢˋ在在天ㄊㄤˊ,不会有ㄅㄟ ㄕㄤ的事,ㄙㄨㄛˋㄧˇ他会很ㄍㄠ ㄒㄧㄥˋ,我们ㄧˇ ㄍㄞ为他ㄍㄠ ㄒㄧㄥˋ,而不是ㄕ ㄤ ㄒㄧㄣ

ㄋㄢˊ ㄍㄨㄛˋ。"

六月一日　星期日

昨日过累,早晨醒来已过十点钟,无力也无意再到重新桥跳蚤市场闲逛矣。无聊中闲整书,日积月累,陡然发现环室皆书矣。旧书自购,新书半为人送,新旧交集,遂无横身之地。前日杂志社记者来访,问我对"藏书"的看法,我称:"书是要交流的。只有在交流中,才能让对的书找到对的人。把书藏起来,除非你真读了,要不,只藏不读,对书是很不公平的。书跟人一样,被绑架了,又怎会快乐得起来呢?"然则,不知不觉中,自己竟也成了很可怕的绑架者了。吉辛《四季随笔》有段话,常被人引用:

"我多次站在书摊或书店的窗子的前面,为知识的欲望和身体的需要二者间的冲突所苦。正在要吃午饭,胃口索要食物的时候,我被久已渴望的一本书吸引住了,书价标得很相宜,我不能把它放过;但是要买便得受饿。"

所谓成长,大约就是这种冲突的渐渐和缓。要么你买得也吃得,要么你只吃不买。而当你是前者时,你很可能就成为一名"书的绑架者"了。安部公房说:"没有罚,哪有逃的乐趣?"等到不费吹灰之力就可坐拥书城,大约你也渐渐失去如饥似渴拼命阅读的乐趣了。然后,你的书就被你所绑架,或者,你也被你的书所绑架了。

六月二日　星期一

路过"总统府"。忽然忆起少年时代,大约国小二三年级,初次看到"总统府"的兴奋之情,回家后,接连在母亲耳边唠叨了大半天诸如"好高"、"好大"、"真的总统府喔"这样没营养的话。这座建筑,自然是台北地标之一,记得前几年,有人认为纯属殖民地馀孽,该效法韩国人将之推平重建,以免"后殖民"阴影始终盘踞不去。这一问题,到底该如何看?昨日到茉莉书店,蒙老板娘馈赠一残本《梁思成文集》,其中《关于北京城墙存废问题的讨论》有段话从"劳动人民"跟"历史主体"角度来看,说得非常好:

"北京的城墙也正是几十万劳动人民辛苦事迹所遗留下的纪念物。历史的条件产生了它,它在各时代中形成并执行了任务,它是我们人民所承继来的北京发展史在体形上的遗产。……我们要记着,从前历史上易朝换代是一个统治者代替了另一个统治者,但一切主要的生产技术及文明的、艺术的创造,却总是从人民的手中出来的;为生活便利和安心工作的城市工程也不是例外。"

看到城墙,想到筑墙的劳动者,乃至其意义,这是梁思成过人之处。相对的,看到"总统府",大声斥责殖民、后殖民的专家学者们,是否也能在那华丽的巴洛克廊柱楼台之间,看到台湾人民被剥削劳动的身影? 出入其间的高官们又是否曾经因淌落其间的先人血汗而惕励自省过呢? 建筑是死的,人是活的。活人看死建筑,远近高低各不同,端视居心如何了。

六月四日　星期三

端午节,因为 SARS,龙舟赛停办的停办,缩小规模的缩小规模,除了粽子继续吃,节景大不如前。……放眼世界都是一样,只不过,东方的中国,更多、更健忘一些。

传统时历,五月五日有其特殊能力。晚间翻阅《养馀月令》,此日关于"药饵"便多至三十一则,其中颇有别趣,如教人做"治疟丸"者:

"五日。取桃仁一百个,去皮尖研细,入黄丹三钱,丸如桐子大,治疟。发日面北,用温汤或井花水吞下三丸,即绝。

但合药,忌妇人鸡犬见之。"

前半段倒无啥。后半段发病服用时,需面朝北方(不知要不要"立正")已很好笑,用"井花水"配服,就更好玩了。推测"井花水"当是垂桶入井,激起水花,悬取后残馀的"沤波",说难得倒不难,但费番周折,肯定是要的了。至于"即绝"两字,是"疟绝"还是"人绝"? 也不说清楚,怪吓人的。当然,最有趣的是"忌妇人鸡犬见之",将"妇人"与"鸡犬"并列,真是好大的胆子呀。换在今日,谁敢说出这种大逆不道的话,早被女性主义人士口水淹死了! 然而,无论如何,仅此一则即可看出,古人的端午节绝对比我们过得有趣,没电视没关系,光捏捏药丸,也可快乐玩一天哩。

无根·任公·盼

六月六日　星期五

二十四节气"芒种"之时。历书记载："小满后十五日，斗指丙为芒种，言有芒之谷可播种也；后十五日，斗指午为夏至，言万物于此，假大而极至也。"文涉天象与农时，离地很远之人，不甚了了，大约知道接下来二期稻作可以播种，草木茂盛，天气也要渐渐热起来了。最近爱翻农书，忽然想到，自小学二年级起，即居住二楼以上，忽忽三十馀年，扣掉白天活动，然则这一辈子有大半时间竟是处于"上不着天，下不着地""孤悬半空"的无根状态了。真是悲惨。夜读《石屋山居诗》云："茅屋青山绿水边，往来年久自相便。数株红白桃李

141

树，一片青黄菜麦田。竹榻夜移听雨坐，纸窗晴启看云眠。人生无出清闲好，得到清闲岂偶然?"看到"青山"、"绿水"、"清闲"诸字，更增喟叹：现代人哪，文明生活哪!

六月八日　星期日

雨来不出。两周未到重新桥跳蚤市场觅书，很是沉闷。午后拿出前时于彼处所购得的光绪铅印版残本《饮冰室文集》翻弄。梁任公笔锋常带感情，文气逼人，易代犹熠熠发光，"谈丛"篇收有一短文《希望与失望》，读后为之色变神往：

"希望者，灵魂之粮也。而希望常与失望相乘。失望者，希望之魔也。

"今日我国民全陷落于失望时代。希望政府，政府失望;希望疆吏，疆吏失望;希望民党，民党失望;希望渐进，渐进失望;希望暴动，暴动失望;希望自力，自力失望;希望他力，他力失望。忧国之士，溢其热血，绞其脑浆，于彼乎，于此乎。皇皇求索有年，而无一路之可通，而心血为之倒行，而脑筋为之瞀乱。今日青年界中多少怆忡俶诡之现象，其起因，殆皆在失望。

"失望之恶果有二：其希望而不甚诚者，及其失望也，则退转;其希望而甚诚者,及其失望也,则发狂。今之志士,由前之说者,十而七;由后之说者,十而三。"

拿这篇短文来论述政党轮替后,台湾人心之走向,无论政治、经济、两岸关系、统独方向,虽不中亦不远矣。"其希望而不甚诚者,及其失望也,则退转",此一"十而七"的"失望之恶果",或者将在明年"总统"大选一一显现吧!——文章有"历时性"有"共时性",好文章总是"历时性"多于"共时性",直指人心,历百代而不废也。伟笔哉,其任公也。

六月九日　星期一

中午与友人及某报副刊主编吃饭闲聊。因友人甫自北京归来,乃又谈及两岸新生代小说家种种,几人看法一致觉得两岸六、七年级小朋友都能写也很敢写,热情多多,但可能从小受到消费文明/商业文化影响,仿佛极力服膺张爱玲"成名要趁早"的玩笑话,"诚意"稍有欠缺,或者因而造成台湾新生代文章"有气无力",光彩绚烂却厚实不足;大陆年轻小说"有力无气",寄意深远却冗杂无节的倾斜状况了。不过,大家也同意,只要开放的方向不变,这些缺点,最终还是会被克服的,只要小朋友们识得破也忍得过"消费文明"的诱惑的话。

　　SARS 疫情减缓后,约会大增,吃喝聊谈,不亦快哉! 今日脚掌微热,隐隐发酸,当是痛风发作警讯,该是自我节制的时候了。

六月十日　星期二

　　许久未上"书迷聊天室",夜里拨冗一人,受到热烈欢迎,旧雨新知,七嘴八舌,密传明言,满室皆欢。聊天室一如网路,跨越时空限制,诚然是二十世纪最重要的科技发明之一,彻底改变了人类生活方式。从此,"虚拟"与"真实"相互辉映,交叉掩护前进,人生当有不少时光,都是要对着荧幕鬼叫傻笑了。以前常说,就阅读而言,看报纸不如看周刊,看周刊不如看月刊,看月刊不如看专书。网路似乎也如此,上聊天室不如看留言板,看留言板不如读贴文区。然而,平心而论,予人欢乐最多的,却还是报纸、聊天室。大约因其讯息未冷,吉光闪现,随时可以激发吾人更多情愫的缘故吧。

　　也是从网路得知的消息,钱锺书夫人杨绛女士已撰写家庭回忆录,即将出版,闻讯真是满心期待。民国以来,最让人敬佩、心仪的两位才女"另一半",杨绛之外,就属赵元任夫人杨步伟女士了。杨女士回忆录《一个女人的自传》、《杂记赵家》），成书多年，海内外捧读拜服。杨绛女士则除《记钱锺书与〈围城〉》一文外，较少道及家庭生活种种（但光此文，其才情洋溢也就够瞧的了），如今发心书写，真可一慰读者多年想望，且与杨著并称"双璧"了。

六月十二日　星期四

阅读像人间，诚有不可思议之巧合者。数星期前翻阅小林纪晴《东京文学写真之旅》，书中引用太宰治的话"即使悲哀会因此尾随而至／也无所谓／一辈子只要／有过一次狂暴的欢乐就够了"，配合东京旧街的冷淡黑白照片，让人心弦为之大动，尤其是如今无力更多的中年思绪。今天黄昏下班后，偶然在旧书店买到雷骧的《裸掌》，序言起笔便说："后来，这短暂的欢愉，成了他毕生的崩溃。"天衣无缝，密不透风，简直就是隔空对话，接续太宰治而发的。在电车上读到这句话，车行迅疾，景如水流，望着时明时暗的车窗浮影，想到了活在半个世纪之外，那位"人间失格"小说家的一生，也想到了最近最爱的这位几乎把每一本书都献给爱妻 Amy 的魅力欧吉桑作家，不觉会心莞尔，仿佛一下子窥探到了他们藏匿内心深处的秘密，然后更知道：书本有情，人间耐读！

布农·忆逝·红

六月十四日　星期六

　　下午一点,启程前往台东。二年前,偶然到鹿野"布农基金会"参观,捐款获赠住宿券一张,希望捐款人异日再莅该地为客。今日得践前约,一乐也。山前人疲劳,山后日先照。案牍劳形久久,也该照照太阳,储备一些明日的能量了。

　　火车速行,窗景如飞,且读且歇且睡且醒,《豪门保姆日记》读完三百多页,夜幕渐垂,七时前后车抵台东新站,阿珠姐人车已在站前等候了。

　　阿珠姐者,前回东游所认识的计程车女运匠,年纪大我几个月,却已是好几个孙子的"阿嬷"了。为人爽朗大方,前回租车出游,笑语不断,"同年"、"同年"声不绝于耳,害我十分不好意思。此回所搭自强号,本有停靠鹿野,为了与阿珠姐再见,特别延后下车。相见寒暄多欢,吃完晚饭,放车鹿野,抵达时已过九时。山高树小,云托月明,寂静的四野,只有虫鸣唧唧,没错,"布农部落"到了。

六月十五日　星期日

有风,有云,有阳光。抬头上望,凉亭木桁架上燕巢里一个小黄嘴喙不停张合索食着,另一边,一只雨燕有些忧郁地正在往下凝视。一名小女生穿着两节式泳装在不远处温热水池中拍打玩弄她的鸭泳圈,年轻的母亲在旁关照着,满脸笑容。有人从这个冷池子转往那个热池子,边走边跳,因为池边步道都被晒得烫热了。我望向远方,胡乱辨识山峦叠翠间不同绿颜的树丛名字,山峰掩映烘托,天空更蓝云更白。云走过来,挡住了阳光,于是地面有了瞬间的阴影。我将身子往池底更沉一些,淹到我脖子的泉水饱含碳酸氢钠,上热下温,自涌汩汩。闭上眼睛,我什么都不想,静静感受悠悠天地自然……二〇〇三年六月十五日上午十点三十五分,我在 Bunun tu zahzah,布农红叶温泉。

六月十六日　星期一

读完 *NO LOGO* ,走完部落,买完茶叶,坐完火车。重回人间盆地,第一个选择进入耳边的消息是:三度挑战之后,洋基火箭人克莱门终于缔造三百胜、四千 K 的个人记录。即使如此,我还是不喜欢他;即使不喜欢他,我还是觉得这是个伟大的成就。红尘滚滚,成败数目为证,欢迎归来!

六月十七日　星期二

中午到旧书店闲逛,偶然购得志文出版社"新潮文库",曹赐固所译《日本短篇小说杰作选》,译文、选文如何尚不得知,书前代译序《走过来时路》,却让我迫不及待地看完,也追忆起少年时代的一件往事。

曹先生一九〇二年出生,日本岩手医专毕业,终身几乎都在士林悬壶济世。小学二到五年级时,我曾在此小镇短暂居停,老医生的孙子是我同班同学,长得清秀俊逸,每天都穿得非常整洁,手面常保干净,印象深刻的是他的双肩后背式皮书包,当时十分少见,也可能因此拉开了我跟他之间的距离。彼时初转学的我,渴望朋友,但交来交去,总是些"晚上站在戏院售票口求人顺便带进场看白戏"的家伙,对于这位显得"有教养"的同学,虽然也向往,但确实不知如何交往。

有一回陪伴曾祖母到他口中的"赐固仔"家中看病。洗石子小洋房建筑,气派而不失其古朴。走进门廊时,不知怎的,我竟无论如何不愿进去。曾祖母讲了几句,也没勉强。我于是一个人在门廊里呆站,偶尔透过窗户,看到一位瘦小的老人正在阴凉的房间里跟曾祖母说话。百无聊赖间,我靠着门柱阴影蹲了下来,下午的阳光从背后照来,亮得耀眼,我胡乱想像我的同学也许在家,看到我时,或者会请我进去或者不会,但无论会或不会,我都担心到时候该怎么办,我是否该走开,等曾祖母出来再出现? 想着想着,诊所的门打开,曾祖母出来了,"赐固仔"送到门口很和蔼地嘱咐曾祖母要准时吃药,不可太操劳。我拉住曾祖母的手,"这是恁甘阿孙?""对啦。怕医生注射,不敢进去""呵呵。跟吾孙差不多大汉。"我盯着老医生看,羞怯地笑了笑,很想说最后却始终没说出"我跟你孙子是同学"这句话……

几十年后,看到老医生的最后译作,想起了这件往事。老医生九十岁时过世了,曾祖母一百岁时也过世了,我那位同学的名字长相早忘记了,也不甚明白这整件事所透露的到底是什么（我从小就是个别扭的小孩）。唯一还记得的是，诊所门廊旁有株花开得非常漂亮清香，但到底是茶花或桂花？我也都不记得了。"我渴望自己永远怀抱着感激，童稚的情怀，在人生的海边，拣拾几个美丽的贝壳，怀着善心和爱去关怀比我们更不幸的人。"老医生文章最后的这几句话，我想，我会记得的。

六月十八日　星期三

马刺击败篮网，四胜二负夺得 NBA 年度总冠军。这一系列总冠军赛，紧张而不精彩，双方都如强弩之末，硬撑到底，得分之低，大概是近几年仅见。NBA 当局为了门票收入，今年将季后赛第二轮原本"五战三胜制"改为"七战四胜制"，无形中增加早在季赛就已征尘满身疲惫难当的球队的负荷，打进一轮累一轮，体力每况愈下的结果就成了"拖死狗"硬拖到底的模样了。明年若还如此，冠亚军系列战只怕还是好看不了。

WHO 宣布，台湾自今日起，解除旅游警示。SARS 暂告一段落。但口罩取下，漫天政治口水又乱飞乱喷了，真是恶性不悛，"懊戏"难看到了极点。唉！

六月十九日　星期四

晨起乱翻书,年初于北京潘家园所购《戴望舒诗全编》,今日再读。一九四四年十一月二十日,客居香港的戴氏迢迢远赴浅水湾凭吊薄命东北女作家萧红之墓,归来写下《萧红墓畔口占》小诗:

"走六小时寂寞的长途,/到你头边放一束红山茶。/我等待着,长夜漫漫,/你却卧听着海涛闲话。"

这诗用"寂寞的长途"/"一束红山茶"、"长夜漫漫"/"海涛闲话"对比、烘托、点触"死生虽隔,会心不远"的悠然意旨,诗成传诵一时,到了浅水湾,很多人也都想去看看萧红之墓,追忆风流了。一九五七年,在叶灵凤先生主持下,萧红骨灰迁葬广州,墓走了,诗还流传不断。今早读到,想到的是,一九六六年"文革"之后,萧红的墓还在吗?还在,在何处?会不会连"卧听着海涛闲话"的一丝寂寞都没有了呢?

球速·面目·杀

六月二十一日　星期六

　　那会是怎样的一种感觉呢？每周六、日的上午，我经常想像着。

　　我有驾照，却从未开过车。搭乘别人的车，车速超过九十公里，就觉得很快了。许多年前，有一回，搭乘友人的车急驰下台中，一路时速在一百到一百二十之间。友人那辆国产车，不知怎的，突然不停地颤抖起来。我故作镇静询问其故。"车子不够重，车速太快，自然这样。"他毫不在乎地说。

　　那，如果时速一百五十公里呢？我老想到这问题，尤其每次看到 ESPN 运动频道"美国大联盟职棒"转播，登板投手动辄 90MPH 以上的球速时。"站在本垒板旁边会是怎样的滋味呢?"90MPH 等于时速一百四十四公里,也就是每秒钟四十米,投手板到本垒的距离是十八点四四米,换言之,投手一出手,零点四六一秒之后,球就到捕手手套了。这大约就是喊一声"啊",而且不能"啊"太久的时间吧。再想想,这么短的时间内,打击者要用一根长一百零六点七厘米的球棒打中一颗圆周二十二点九至二十三点五厘米的球,并且还得以球棒不超过几英寸范围的最坚厚处打中球心才有可能形成安打,其困难由此可见,触身球之危险也可想而知(看过电视新闻撞成废铁稀巴烂的车子吗? 一般而言,时速也就是一百二十上下而已)。

MLB 最强力的投手莱恩最快的球速是一百六十二公里,零点四一秒抵达本垒。那种球速,肉眼真的看得到吗? 看到的会是什么呢? 一团黑影? 一道闪光? 还是……我继续想像着。

六月二十二日　星期日

晨起,骑车到重新桥跳蚤市场闲逛。偶于冷摊购得一十六开大小之家族老照片,系于"上海蝶来照相"所摄,空白处有题跋:"从兄书年来海上,将之青岛。伯父招余兄弟暨从弟庆年、羲年、绛年、遐年,从侄望曾合摄一景,并题诗示勉:今夕叮咛须记取,明朝又作海东行。才如不露应无忌,贫到能安即有成。祖泽分流期远大,汝曹前途正光明。本来面目各珍惜,莫遣蹉跎负此生。丙子仲春伯年记。"(标点外加)蝇头小楷,端正不苟。诗句虽无奇,立意颇可取。影中人各各英俊挺拔,分着学生服、军装、长袍、中山装共八人,排立簇拥一端坐蓄须戴瓜皮小帽富态中年人,应即题诗者。丙子年为民国二十五年,中日第二次战争迫在眉睫,此照暨诗颇有"山雨欲来风满楼"、"辞根散作九秋蓬"之征,大约此后战乱流离,影中人即天各一方,长相暌违矣。相片中最小者大约八九岁,活到今日,也已是七旬老者了。影存年逝,今昔无别。边看边乱乱想,可怜身是眼中人,行自念也,大约只能牢记"本来面目各珍惜,莫遣蹉跎负此生"这二句话了。

六月二十三日　星期一

作家黄春明先生之子,曾获联合文学新人奖的黄国峻前日自杀身亡。白发人送黑发人,自是不幸。更不幸的是,媒体沸沸扬扬,尽把此事往感情方向牵扯,"某年轻知名女作家"呼之欲出云云,网路上则一片哗然,"谴责"、"追悼"声此起彼落,黄国峻地下有知,不知作何感想。夜间看电视新闻,黄春明先生依约到"总统府"动员月会演讲,形容憔悴,自言"像电脑中毒了一样",让人深感其哀,也衷心为他祝福。许多许多许多年之前,有一回路过铭传商专,时近中午,远远看到有名男子带着一个小孩在校门口卖便当,特有的卷发标志,让我有些诧异地认出他就是黄春明先生。我紧紧看了这位心仪作家几眼,他从一群白衣蓝裙、绿裙女学生中抬头对我露出了个微笑,害我不知如何接下去,只得也傻笑了一下,快步走开了。"那个小男孩会是黄国峻吗?"去年看到他的新书时,我一下子想起这件往事,心中有些惘然,如今,则是一片怅然了。

六月二十六日　星期四

台商宋钰一家三口在沪遭人灭门杀害,连稚龄小女儿都不放过。报称可能系见财起意,抢劫失风转杀人越货。真相如何? 还待追究。却不免想到昨天重读卜洛克《死亡的渴望》中某位警官的一段怨叹话:

"现在好像没有什么这种贼了,是不是? 以前的行家,还有点贼样,只挑精品,不值钱的东西,瞧都懒得瞧。一得手,马上走人,神不知,鬼不觉,行动从容。现在可好,街头上的混混,胡乱把橱窗一敲,看到什么就拿什么,十块钱的收音机也要,拿了东西撒鸭子就跑,什么玩意儿!?现在更绝了,偷了东西,还在屋里等主人回来,你知道这是什么吗?这是贼跟私闯民宅的混血杂种。私闯民宅哪。你明明知道受害者就在里面,硬闯进去,因为你就是想要硬干。……'你把钱放在哪里?说!否则,我就把你孩子的头砍掉。'招跟不招没差别,他们都会动手,王八蛋!……"

纽约这样,上海这样,台湾同样有案可稽;小说这样,真实这样,那一夜台北华都西餐厅说相声也同样预言过了,由不得人不相信:"这年——头儿都变了!"

六月二十七日　星期五

天气极热,于斗室中挥汗工作,热气不时从窗户涌入,午后收看新闻,才知高温达摄氏三十七点四度,入夏以来最高。下午脑袋昏沉,隐隐作痛,颇似中暑。但,在家中暑,可能吗?工作无力,只得随手抓起略萨的一本小书《中国套盒——致一位青年小说家》翻读。边读边忆起前日在电视上看到秘鲁前总统藤森近况。

一九八九年秘鲁大选，最后即是马里奥·巴尔加斯·略萨（Mario Vargas Llosa）跟藤森对决，最后秘鲁人民选择了藤森，略萨因而出走海外。藤森随后又连任二次，任内结党营私，贪污纳贿，无所不至，还到处拈花惹草，离婚收场。到头来，在国会最后通牒威胁下，被迫辞职，随即潜赴日本当寓公，坐拥贪污所得数十亿美元。秘鲁新政府要求引渡，藤森魔高一丈，暗中取得日本国籍，而日本政府竟然也就予以庇护，成为两国之间的无解公案。最新消息是，藤森准备与一日本女子再婚，且要出面反击秘鲁政敌的指控，认为纯属子虚乌有。天下政客一般黑，藤森这家伙，大约可算无耻之尤了。

"假如当年是略萨当选，情况会不一样吗？他可能成为另一个哈维尔？爱国容易治国难，秘鲁政坛有这样的空间给他吗？绝对的权力使人绝对地腐化，略萨天生浪漫，逃得过这定律？"燠热的暑日，想像这般假设性的问题实在无趣，谁能给答案呢？倒是以翻译其作品闻名的北大赵德明教授实事求是说得好："如果巴尔加斯·略萨在一九九〇年第二轮的秘鲁大选中获胜，广大读者会失去一位优秀的作家，可是秘鲁历史上未必会增加一位杰出的政治家。"文章千古事，是即经国之伟业。天地回身宽，何必一定要往粪堆中钻去？

爱染·爱书·热

六月三十日　星期一

　　中午闲逛旧书肆,购得雷骧《悲情布拉姆斯》、《爱染五叶》,十分高兴,至此,画人欧吉桑著作大约搜齐,也阅读大半。其中尤以"汉艺色研"所出版之《肉体废墟》最是难得,全书实即一盒人体素描卡片,搭配一拉页文字说明,装帧别致,更要紧的,印刷颇佳,素描笔触历历分明。从封面手工黏贴小幅素描判断,此书制成册数恐有限,当为其著作最难搜集者。前日翻读早年圆神所出《矢之志》,陈映真序言称雷氏文字有东洋味,不同于一般。入眼欣喜,原来早早就有人跟我同样感觉,"异眼所见略同",人书竟可以隔时对话,阅读之乐乐如何？这个也是。

近日"公投法"争攘不休，朝野权谋尽出，为了吓唬"叶公"，泛蓝决定放开金锁走蛟龙，赞成"统独公投"。双方攻守拉锯，想到了大位，想到了胜选，想到了政党利益、个人利益，就是没想到人民利益何在。

七月一日　星期二

《生涯一蠹鱼》再版出笼，修改之处不少，都亏热心读者处处点检告知，始得勘误。此次再版，除订正错误，还抽换几张图片；装订方式修正后，全书终于可以摊翻，符合原始要求。但校对如扫落叶，一堆才扫起，一叶又落。翻读增修《后记》，赫然发现竟有落字，标点符号也不尽妥帖，又想订正了。

七月二日　星期三

月前，香港林冠中兄寄赠黄俊东《猎书小记》，日前得空翻阅，其中有《爱书》一篇，讲述一九三〇年代由"台湾爱书会"所编辑发行的《爱书》杂志。昭和八年（一九三三）春天，《台湾日日新报》社长河村彻、台北帝大教授植安松两人号召一批在台日籍爱书人士，包括总督府图书馆长山中樵、台北帝大总长币原坦、阿部文夫、神田喜一郎、矢野禾积、泷田贞治等人发起成立"台湾爱书会"，这个团体以"调查研究东西方相关书物、推展爱书趣味"为宗旨，除了演讲、办展览之外，最重要的就是发行机关志《爱书》了。

读到这篇文章，让人怦然心动。原来台湾这么早就有阅读杂志了，要是能设法一观，不知有多好。然而，据黄氏此文最后称，他所见的这三大册合订本，"定价港币五百多元，听说是由一个外国人所主持的'中国书堂'，可惜太贵，不能购藏一套以备查考"。连"东叔"都绝望的东西，想要看到，大概不太容易了，除非劳师动众到各大图书馆去翻查。

孰知人生难说，诚有出乎意料之外者。昨日为觅资料，偶然竟在同事身后高架上见到这三大册书籍，喜出望外相询，原来是一位熟识好友出借以为编辑参考之用的，当下什么话也不多说，立刻扛借回家，好好翻过再说——彼此交情原来够到如此地步的。

夜里喜孜孜翻阅，虽然不懂日文，却也看得津津入味。此杂志共十五辑，每辑一册，从一九三三年一直发行到战争时期的一九四二年。内容以台湾相关书目研究跟包括装帧、书斋、书话、书籍保存、版本学等书物研究为主,最珍贵的是第十四辑中的《台湾文学》跟《台湾文学书目》,详述荷西时代一直到日治为止,台湾文学发展与出版状况。翻猎一夜,粗粗看到一些有趣的资料,值得一记:

一、一九三〇年代,台北古本屋(旧书店)主要在"新起町"。经查证,大约在今日西门町以南长沙街一带。

二、小说家佐藤春夫曾于大正九年夏天来台居留四个月,后来以台南安平为背景写了一部侦探猎奇物语《女诫扇绮谭》。

三、明治时期的台湾总督儿玉源太郎曾在古亭町建了座"南菜园",取号"藤园主人",园成之日,还作了首有点矫情的绝句:"古亭庄外结茅庐,毕竟情疏景亦疏。雨读晴耕如野客,三畦蔬菜一床书。"

四、一九三八年,台北日孝山房曾刊行矢野峰人所翻译的《四行诗集》,作者就是有名的波斯诗人奥玛·开俨。此书由西川满装帧,限印"天使本二十五部,蔷薇本五十部"。何谓"天使本"、"蔷薇本"? 一头雾水!

五、福州龚氏乌石山房藏书闻名海内,以"大通楼"为斋名,台北帝大文学部教授神田喜一郎曾赋一绝赠予乌石山房主人："诗书奕世傲封侯,自是闽中第一流。千载青箱传得在,古香吹满大通楼。"最后,这些藏书全被帝大搬回台湾了。

六、清末结居大龙峒"太古巢"的北台文人陈维英曾为观音山西云岩撰联曰:"观音山观音坑抱观音寺顽石头头尽向观音点首。和尚洲和尚港对和尚门净披面面好为和尚洗心。"和尚洲者,今芦洲也。

七月三日　星期四

天气越来越热,稿债越来越多。"六月火烧埔,七月走无路",真是一点也没错。昨夜开电脑收信,荧幕一片漆黑,几经尝试,始终不得其法,最后只好放弃认栽。大约电脑也跟人一样,天气这么热,加上操劳过度,一个中暑,眼前一片乌黑,就此倒地不起了。这一笔记型电脑,购于五年前,为IBM早期机种。资讯制造一日千里,推陈出新,快如闪电,如今找人维修,只怕不太容易。但愿只是软体凸槌,无关硬体零件才好。

夜里真热极,辗转难眠。起起躺躺,竟然就看完浅田次郎的《铁道员》小说了。此书曾改编电影,由高仓健主演,轰动一时。前日 Miya 大姊特别指出:"高仓健特别适合雪景。"仔细回想,确实如此,大约跟他给人仿佛"一匹孤独的野狼"的感觉有关吧。Miya 大姊还说高仓健已年过七十了,听后有些迷惑,有这么老了吗?怎么印象中全是他矫健而潇洒的身影呢?明星一旦老了,很多即隐居不出——近日以九六高龄过世的凯萨琳·赫本即是——所想维护的,应该也就是还可拷贝却实际不存的花样影像吧。

推理・江湖・获

七月四日　星期五

　　与友人午餐,谈及推理小说"本格派"与"冷硬派"之辨。友人以为真正的推理还属于本格派之犯罪手法解谜,我则认为本格派颇有"为解谜而犯罪"之嫌,不够真实,还是冷硬派或社会派之犯罪动机论更贴近人生。日有所思,夜有所得,晚间随手翻阅谷泽永一《百言百语》,竟看到日本推理小说鼻祖江户川乱步一段夫子自道:

　　"我日夜都在考虑如何犯重罪。侦探小说的关键在于创造一种恐怖或怪诞的犯罪。只要做到这一点,侦探的方法就比较容易构想了。作为证据,可以看一下被称为推理式的柯南·道尔《福尔摩斯探案集》。看上去，它好像致力于推理和侦探过程的描写，其实仔细分析的话，还是犯罪方法上的异变和创新。所以，侦探被推到了前台，看上去就好像具有了推理的性格。换句话说，《福尔摩斯探案集》中几乎没有推理的成分。"

这段话出自江户川分析侦探（推理）小说条件的文章《恶人志愿》，发表于大正十四年（一九二五）十一月号的《文艺春秋》。目光如炬的他自剖心路历程，继续写道："如此看来，侦探小说的关键是要创造犯罪。为此，写侦探小说的人日夜都在考虑应该如何去构思前人未做的（即以往的罪犯所未能做到的）大犯罪。"这自然是"本格派"的创作方式解谜了。然则，这种"设圈套式"的写作，其意义到底何在？跟传统文人为"射文虎"所巧心设想的"谜猜"，差别又在哪里？目的在于解谜，且是人类自设之谜的小说，其价值又有多高？传统推理小说地位卑下，与此有否关联？在在值得深思。据说江户川因为深刻体认到这一点，使得"他常常认为自己写的作品只不过是一种欺人之谈，而断然折笔，过着浪迹天涯的流浪生涯"。

谷泽永一书中还有一句很有趣的话："年轻时应该多听

多记一些没用的事，这样，到老的时候，一定会发挥作用的。"（《多胡辰敬家训》），此言可与西洋人所说"年轻时不能不更激进一些，以免年老时太保守了"互相发明，大佳！

七月五日　星期六

周六棒球日。继续思考打击有多难。90MPH（时速一百四十四公里）的球，零点四六一秒内便可以从十八点四四米外的投手手中疾射到捕手手套。那，打击者有多少时间准备呢？根据统计，如果不能在球投出的前三分之一时间，也就是零点一五三秒左右做好挥棒准备，慢了零点零七秒，那是界外球；快了零点零七秒，还是界外球。但，就算是及时打到球，别忘了球场里还有九个人分列成两堵墙，等着拦截你所打出的球哩；更何况，投手也不是只有一种球路，除了快速直球，他还有滑球、伸卡球、指叉球、蝴蝶球、很好的坏球、很坏的好球，等着慢慢对付你；更更何况，球种之外，他还有球速、位置可以搭配。三十秒之内，先给你一颗95MPH的外角直球，再给你一颗75MPH的内角曲球，打击者视网膜印象残留来不及改变，猛力一挥棒，落空不打紧，很可能摔个大跟斗也说不定。

职棒打击之难如此,也因此,美国大联盟一百多年来,只有泰德·威廉斯(Ted Williams,卜洛克雅贼系列《把泰德·威廉斯交易掉的贼》讲的就是他)曾于一九四一年打出前无古人后无来者的年度四成零六打击率。去年中华职棒中信鲸陈健伟维持了将近半个球季的"四割男"地位,那也是中华职棒十四年来少见的个人成绩了。

七月六日　星期日

晨起循例骑车逛重新桥跳蚤市场,今日大有斩获!Booker昨日收到近百公斤中、日文旧书。蒙他好意,让我荣登"先挑"之席。三大麻袋、三大纸箱,非经我目,不容他人动手,真是又喜又愧呀。由于围观等候者众,遂逐册翻看如飞,不到一刻钟,三个布袋看光光,纸箱中数百本小册武侠小说,一非兴趣所在,二据 Booker 言,多为"武陵樵子"、"孤独红"作品,判断无甚出奇者,不好细翻挡人路,所以放过了。

这批书中,日文书多属金融、经济类,年代虽久远,书况也好,但门路不对,非我所欲,曾经我眼就好了。真正好货是二大麻袋的"台湾文献丛刊"跟"台湾研究丛刊",其中颇有难得一见者,经过挑选,买回了罗大春《台湾海防并开山日记》、梅村野史《鹿樵纪闻》、李鹤田《哀台湾笺释》、六十七《使署闲情》暨《番社采风图考》、佐仓孙三《台风杂记》、胡建伟《澎湖纪略》(二册)、蒋镛《澎湖续编》、董天工《台海见闻录》、连横《台湾诗荟杂文钞》、《新竹县制度考》及张南棣《郑经郑克塽纪事》、James W. Davidson《台湾之过去与现在》(二册)、《二十年来之台湾银行研究室》。其中尤以六十七《使署闲情》、James W. Davidson《台湾之过去与现在》二书,寻找经年,一旦而获,满怀欣喜,满头大汗也不算什么了。重新桥跳蚤书市摊多书少,杂物琳琅满目,书籍实在有限,但即使空手而回十次,只要碰到一次类似今日之"大出",也就值回票价了。呵呵。

七月九日　星期三

近日随身携带《江湖奇侠传》随处翻读。此平江不肖生向恺然名著,初刊于八十年前上海《红》杂志,后由世界书局出版单行本,并经改编拍成电影《火烧红莲寺》,轰动一时。许多少年孩童受其影响,纷纷离家出走,想要寻访名山,拜师学艺,上海报刊不时可见焦急父母所登的"寻人启事"。此书重要,大约在于它是我国传统说部公案小说转为近世武侠小说的过渡代表作,也是早期改编电影最成功的一部。其内容芜杂,多线并出,讲得东来西未了,一波未平一波又起,与《七侠五义》结构松散特征颇有相近之处,但其人物刻画与乎故事特质,则又为后世武侠小说之滥觞。

因为"不肖生"之名,联想起二十多年前曾读过胡遄园所著《贤不肖列传》,依稀记得书中谈过向恺然其人其事。翻查之下,果然不错,此君曾亲见晚年的向恺然,并多次促膝长谈。关于"平江不肖生"笔名,此回世界书局新版作者介绍称其由来有二:一因向恺然留学日本时,祖丧未及奔送,故自号"不肖";二说语出老子《道德经》"天下皆谓我道大,似不肖;夫惟大,故似不肖"。但据胡遄园亲闻所记,则是:

"闲聊中谈到《留东外史》,他说书中事迹,他所亲历者十之四,耳闻者十之三,其他十之三则为向壁虚造的了,不过多多少少还是有点儿足堪捕捉的风影,最后他高呼罪过不置。为其有如此罪过的负疚于心,所以他用'平江不肖生'的笔名。"

此又一说矣。《留东外史》者,向君依其留学日本经验,仿《儒林外史》笔法所写清末留日中国学生"丑史"。无论革命党、维新党、满清官僚之八卦私事,只有多说,没有少讲。

书出之后，得罪许多人，遂令向恺然一辈子辗轲潦倒，郁郁不得志。然而，话又说回来，若非其失意赋闲，遂得卖文维生，《江湖奇侠传》、《近代侠义英雄传》这二部奇书大约也不可能产生了。"国家不幸诗家幸"，这是作者跟时代的辩证关系；"诗家不幸读家幸"，则是存在于作者跟读者之间的某种吊诡了。

澎湖·业绩·赶

七月十一日　星期五

　　中午十二点班机直飞澎湖。天气晴朗，临窗而坐，一路俯览，飞机南飞右转出海后，台湾本岛越行越远越渺，澎湖随即出现眼前，越行越近越清晰。然后知道，万呎高空之上，台湾、澎湖一水之隔，张目通视，实在不算远。

　　出机场，进旅馆。稍作歇息，即赴观音亭游泳。观音亭为马公市旁的海水游泳池，有几个足球场宽。时值退潮转涨，近处水仅及腰。友人祖父，高龄八十八，长年在此泅泳，教导老少学生近千人，此次到澎湖，要事之一，就是跟阿公学游泳。

　　学习颇顺利，脚踢手划，一个口令一个动作，居然也渐有体悟，能保不沉。蓝天白云，水波粼粼，好不快活，谁知托付友人保管的眼镜，竟然掉落海底。更糟糕的是，何时掉落，大约掉在何处，都不知道。当下宛如吞下一大口海水："天呀，我的蓝天假期，难道就要变成雾夜港都了吗？"三人浑水摸镜，摸了大半天，一无所获。茫茫大海，潮涨水流，放大来看，也就是沧海一粟了，哪里找呀？正当颓然放弃上岸，准备到市区善后赶配新眼镜时，举步不远，即踩到一异物，初以为是来时所见，盘摊而居的"海星"，以脚趾摸索后，感觉不像，伸手取出，居然就是我那落海失踪的眼镜！失而复得，简直不敢相信，当下直觉："今天该签乐透彩！"

夜里在旅馆读"女法医凯·史卡佩塔"系列最新一册《终极辖区》，开场颇佳，多线发展，让人如堕五里雾中，但愿结局也好。

七月十二日　星期六

早晨五点半，再赴观音亭特训，这次打死也不敢戴眼镜下海了。晨泳人众，约有近百人，但散落这一特大泳池，丝毫没有拥挤之感。睹景忽然想起小学时代夏日赶赴圆山再春游泳池"泡水"，人挤人仿如下水饺的往事，不觉失笑：城乡差距,乡镇也未必全输!

今日逢涨潮,水淹及胸,拼命练习呼吸,然而记得呼吸踢腿就忘了划手,手划脚踢就忘了该以口呼吸,口手脚不协调的下场是,灌了好几口海水,呛了一鼻子水。老阿公在旁笑笑地说:"没关系,学游泳没有不喝水的。"练习过程中,不时有人跟阿公打招呼,也有少年男女向阿公请教,希望代为修正姿势,阿公均乐而为之,一一指点。我在旁边练习边想:"莫非全马公的人都认识他?"阿公澎湖县议会主任秘书退休,少年即杰出,品学兼优,体育一把罩。友人曾拿出日治台湾运动会秩序册给我看,阿公代表澎湖参加跳远跟接力项目。今虽高龄,运动员体型却依稀残存。伏枥老骥,犹行百里,真是不简单!

午后骑机车赴海生馆参观,人潮汹涌,挤得小小馆区水泄不通。SARS阴影似乎已远,这是好事,但人头也让游兴大减,兼以所见生物,奇则奇耳,箱中天地,毕竟有限,让人始终无法摆除内心Discovery、国家地理两频道阴影,总觉得看电视仿佛更有趣些,乃草草结束,出馆求自由。此行最大收获是沿途所见台北无法看到的,如此开阔的土地、海洋跟天空,尤其海天,湛蓝如洗,荡胸一新,都忘了艳阳酷暑的笼罩。

夜里,继续翻读《终极辖区》,同为女法医故事,皇冠所出《听!骨头在说话》那位布兰纳,感觉似乎更深刻一些。原因在于史卡佩塔大约为了配合改编电影可能,加入许多好莱坞趣味,多少压低故事层次,但从另一个角度来看,这一系列小说如此受到一般读者欢迎,销量动辄几十万册,难道不也是因为其中的奇情惊悚成分?

七月十三日　星期日

早晨六时,再赴观音亭游泳,友人与其小表弟同行。练习完毕后,还跟小表弟在附近篮球场打篮球。好几年没摸球的结果是,一跑就喘,一投就"面包",三两下满头大汗,气喘如牛,坚决要求:"让我休息!"上午随例逛马公街,采购黑糖糕、小卷片等土产。中午请阿公吃日本料理。澎湖海产一级棒,日本料理却让人不敢恭维,但因阿公随遇而安,吃得津津有味,也就算成功的了。

午后二时补到机位,在飞机上看完《终极辖区》,果然不出所料,虎头蛇尾,架子开得太大,只能急转直下,草草收场,但全书也已厚如砖头了。回到家后,正好赶上收看大联盟球赛重播,为了捕捉甫升上大联盟的陈金峰身影,ESPN 特别改播"道奇对洛矶"比赛,但似乎也未见陈金峰上场。虽然国人寄予厚望,但以陈金峰现有的速度、打击跟三振率,我估计想在群雄环伺的大联盟讨生活,只怕还有的锻炼呢。

七月十五日　星期二

　　夜里于茉莉书店偶遇研究所学长,相见欢就地叙谈。学长博士班毕业后,在中研院挂单一阵子,后任教于某"国立"大学。谈及学界种种,感慨颇多。原因是近年台湾学界渐上轨道,力行"业绩"考核,规定某年限内无法升等,即可能遭到解聘命运。升等依据则以发表论文多少、被引用次数多少为主。这一"大限",由于重量不重质,搞得人心惶惶,年轻学者拼命赶业绩,读书成了一大负担。几位相识的友人就因受不了此种压力,"产量"不足而败下阵来。学长边说,我边想起昔日协助大学联考阅卷工作,两人边做边聊,讲到高兴处,他便背一段莎士比亚、鲁迅原文的潇洒模样,如今却也为赶业绩而伤脑筋,真是有些不知该说什么了。任何制度都有阴阳两面,台语所谓"有一好无两好,一好配一歹,无两好结相排,哪是两好结相排,天公伯仔就掠去杀",说的大约就是这种情形吧。

夜里读夏志清《文学的前途》，有段话证明中西学界制度相同后，困扰也相去不远了：

"有研究院的制度在，就得有教授作研究，指导学生写论文。为了谋职，为了巩固自己的地位，不少人没有新见解、新发现，也得写书，对作者自己是件痛苦的事，对同行，增加一件不必要的负担。研究莎翁的书这样多，还有什么可写的？但你教莎士比亚，就得终身研究他，看一大堆参考书，自己欣赏其他作家，增进自己文学修养的时间，反而没有了。"

七月十七日　星期四

夜热难当，宛如在火炉。辗转难眠，起身抓书翻读。《苏东坡黄山谷尺牍合册》，东坡《与黄师是》函中称："尘埃风叶满室，随扫随有。然不可废扫，以为贤于不扫也。"此言可与唐人"明知无益事，偏作有情痴"、清人"不作无聊之事，何以遣此有涯之身"相发明。坡翁因此而有一诗：

"帘卷窗穿户不扃，隙尘风叶任纵横。幽人睡足谁呼觉？欹枕床前有月明。"

东坡有明月，幽人得大睡。抬头望眼月不见的家伙，只能当"热人"，好好睡？对不起，最近没你的份！

涂鸦·鲁拜·扇

七月十八日　星期五

搭公车难得坐到最后座,今天人少位子多,故得一试。最后一排座位升高,适合东张西望,果然看到窗户上贴着一张有趣的告示:

"给喜好在车上涂鸦的朋友,您好:

"每一次我都要费很大的功夫,才能把椅背上的涂鸦洗掉。拜托您协助我,共同维护清爽又干净的车厢,不要再涂鸦了。如果您还有高见要发表,或对我有任何批评与指教,欢迎上本公司网站一吐为快,或 E－mail 给我,千万不要再让我辛苦洗刷了! 在此先感谢您的配合。敬祝乘车愉快。"

署名为"本车司机",更附公司网址跟 E-mail 信箱。此信耐人寻味,适度尊重顾客发言权,但也请求不要增加工作负担跟成本支出,合情合理,让人容易接受,与前此普遍所见的"禁止涂写,违者究办"恫吓手法大不相同。推想当与捷运完工后所带动的良性竞争有关,但更重要的,台湾民主开放后,大家或者慢慢已领略,"尊重"比"禁止"更容易获得人心支持,尤其当你所从事的是一种服务业的时候。

夜里看新闻,这家公车公司有老车将退休,年轻的总经理亲自带领一大群公车迷,为该车送别,感谢它的服务和贡献,最后把车上各种可以拆卸的配件、仪表,都赠送给公车迷当纪念了。早晚两件事都不算大,但观微知著,这家公司,一定大有前途!

七月二十日　星期日

连两日赶稿,天热难当。第一天在家,一事无成,热到快不行。第二天跑到办公室,上网收信、巡视网站,最重要的,吹冷气赶稿。一天下来,也无大成,只写了近千字,看了几篇稿子。摄氏三十七度以上的天气,确实不适于人居,遑论工作。乱翻书,清人笔记载《济世仁术》称(七月)"是月极热。

可用扇,急扇手心,着五体俱凉"。这种时代,扇到哪里找?随手抓起一本杂志,朝手心猛扇,嗯,果然没用!

七月二十一日　星期一

亚当·高普尼克(Adam Gopnik)是《纽约客》特约作者,才情好,笔力不弱,写得一手好文章。一九九五年为了逃避美国文化,希望儿子在五岁前活得更快乐些,于是带着老婆、儿子移居从小一心向往的巴黎。五年的时间里,三人过得悠哉,活得深刻,亚当把所见所闻所思写成系列文章发表,连法国人都喜欢,称他是"才气纵横的伏尔泰风格的法国生活评论家"。

这些文章在二〇〇二年翻译成了中文,名为《巴黎到月球》。书出之时,我一无所知,今日在旧书店偶然看到,稍稍翻阅,大大惊艳,晚上翻着读着,不知不觉竟看去半本了。亚当·高普尼克非常 wit,翻成中文,说是"机智",不如说"黠慧",他冷眼法国人,一针见血;生活在巴黎,妙句趣语不断:

"纽约的公寓就像张白纸。巴黎的公寓则是个句子,充满一连串未完成式动词、隐藏条件式结构,以及又长又复杂的过去式子句。"

"巴黎特别得天独厚的地方是,在别的地方会隐藏起来的事情(如通奸),在这里可以很公开,而在其他地方得以公开的事情,在这里反而会被隐藏起来(例如搬进公寓的方式)。"

"颁发勋章给莎朗·史东是不把美国文化霸权放在眼里,却又同时爱抚美国文化霸权胸脯的最佳方式。"

"法国人相信,错误都是远距的,都是别人的错。美国人则认为人与人之间没有距离,没有差异,也因此没有错误,麻烦都是误会所引起的,都是因为你的英语说得不够大声。"

"法国人面对任何危机的态度,并非不畏艰难地坚持下去,而是假装没有事情发生(毕竟,有四年时间,毕卡索和沙特坐在一间咖啡馆内假装德军不在那里,而这正是发生在巴黎的事)。"

大热天里看到这种书,算我命好。可惜最多也只消磨得二夜罢了。唉。

七月二十四日　星期四

昨夜与友人聚餐,相谈大欢,满座皆笑语。席间谈及将开

"翻译比较"课程,相询有无值得比较的译文版本,我闻言心喜,立刻大力推荐奥玛·开俨的《鲁拜集》,并自愿献借手边所藏各种版本。友人大喜,即刻敲定,回家整理后,发现至少有:

　黄克荪,《鲁拜集》,台北:书林。

　陈次云、孟祥森,《狂酒歌》,台北:晨钟。

　张鸿年,《鲁拜集》,台北:木马

　柏丽,《怒湃译草》,北京:中国人民大学。

　黄杲炘,《柔巴依集》,上海:上海译文。

　一本诗集而有五种译本,说来不算少,但事实上,纽约公共图书馆里便收藏了五百种以上的《鲁拜集》版本,五比五百,说来真是小小小小巫了。上午,正在整理相关资料,另位友人自北京归来携回一袋旧书,随手翻弄,赫然发现竟有一九五八年人民文学出版社重出的郭沫若《鲁拜集》译本。人生巧合,书缘奇妙,真是不可思议。当下说明缘由,截下此书,友人欣然从命,敝人感激不已。"一箪疏食一壶浆,一卷诗书树下梁。卿为阿侬歌瀚海,茫茫瀚海即天堂。"是耶非耶? 是也! 是也! 呵呵。

七月二十五日　星期五

　谨记,谨记,曹锦辉自二 A 直升大联盟"洛矶队",预定于台北时间周六上午九点先发出战"酿酒人队",千万不能错过了。跟陈金锋相比,曹锦辉的年纪、资质跟投手位置,或许更有机会出头天,但愿他一战成名,站稳脚步。暑假天是看球天,很久没这种热切的盼望了。可惜不是在半夜转播,要不,更有怀旧之情,更可以拉出满满的记忆。

小曹·阶级·懒

七月二十六日　星期六

曹锦辉初登板，投六又三分之一局，三振五、保送一，被安打八，失分三，退场时仍以一分领先，终场获得大联盟生涯第一胜。此役第二球即被轰成全垒打，这当是曹锦辉这一生中最巨大的考验之一，成与败，都看其心理抗压强度了。两年的小联盟漂泊，于此果然发挥作用，很快稳定阵脚，接连解决其他打者。此后各局虽还有乱流，皆已不足畏矣。赛后，所有电视报道均集中：一、花莲老家父母观战实况；二、政治人物对此反应。然后，我们便知道，虽然举步维艰，三十多年来，台湾棒球毕竟在进步之中，但电视媒体可从来不求上进过。最让人哭笑不得的还是毫无长进,类如"你们很骄傲吧"、"有没有很紧张"、"今天的表现,你们给他打几分"等问题。"总统"、"行政院长"拍电致贺如仪不用说,正为花莲县长补选而走透透的反对党领袖也抓着手机乱讲:正在组曹锦辉后援会。贫居闹市无人问,富在深山有远亲。真要这么关心这些选手,那就用真正"爱民如子"的热情,好好解决这些远赴异乡打天下的"台湾之子"的兵役问题吧!

七月二十七日　星期日

手边有东坡尺牍三种:一九二五年上海中华书局聚珍仿宋版线装《东坡全集》、一九三○年上海商务印书馆铅印线装《苏东坡尺牍》、一九七○年台北泰顺书局翻印明人评点《苏黄尺牍合刊》。坡翁旷放,寸简短札,素心都见。炎夏翻读,大可解暑:

"窜逐以来,日欲作书为问。旧既懒惰,加以闲废,百事不举,但惭怍而已。即日体中如何?眷爱各佳。某幼类并安。但初到此,丧一老乳母,七十二矣,悼念久之,近亦不复置怀。寓居官亭,俯迫大江,几席之下,云涛接天。扁舟草履,放浪山水间。客至,多辞以不在。往来书疏如山,不复答

也。此味甚佳，生来未尝有此，适知之免忧。"（与王庆源）

明人评点为："不答书是懒。几席云涛，何等高旷！然非高旷人不能懒。"颇有佛头着粪、扭捏造作之感。很久以前某位曾旅居中国数载，遍游大江南北的日本友人发问："很奇怪，像李白、苏东坡那样高明的中国人，怎么没半个了？"我瞠目无言以对。几年之后，读到司马辽太郎《宛如飞翔》，当下感觉也是："很奇怪，像阪本龙马、西乡隆盛那样飒爽的日本人，都到哪里去了？"民族即有民族性，时空积累陶铸而成，却也与时俱变，如今全球一家。最最可怕的一件事当是："很奇怪，怎么大家都变成美国人了！？"

附记：坡翁尺牍常见"懒"字，此字内涵，何时从"全盘否定"的"好吃懒做"，转为"寓肯定于否定"的"闲适旷放"？此事大可研究，是非常好的"心态史"题目，于此或可见"那些高明的中国人"是怎样慢慢塑造成型的。

七月二十八日　星期一

我不知她来此多久了，我会注意到她，是因为正午常到茉莉书店闲逛，走过十字路口，总会看到她坐在骑楼下吃便当。便当是自备的，不锈钢饭盒已见陈旧，老妇人大口吃着，间或仰头喝一口水,水也是自备的,老旧的塑胶水壶,里面的水,如果我的久远味觉记忆无误,应该存有某种塑胶异味。某次走过,恰当老妇举起便当扒食,我看到内里的配菜,竟然只有泛黄的空心菜,心中不禁一阵凄然,小学时代,班上最清贫的一位同学,常年便当菜就是这个。没想到三十几年后,台湾竟还有人吃着"白饭空心菜"的便当配白开水。

老妇人是"即时乐"彩券小贩,大约争不过其他人,所以放弃捷运、市场入口,跑到这个较不热闹的街口求生意了。"台湾社会问题的根本在阶级,而不是族群矛盾。再这样搞下去,穷人都活不下去了!"几个星期前,一位出身贫寒的友人对我痛斥近年来贫富差距日深,朝野政客一意勾结财团的义愤之言历历在耳:"他完全背叛了他的阶级,忘记自己的出身了!"当时我没多说什么,今天看到这个便当,想到"高学费不会阻断社会流动"这样的话后,愤从中来,我确然相信,他是忘记了!背叛了!

七月二十九日　星期二

下午,"何妨一上楼"主人文自秀小姐带来书一批。这是几个星期前,得知她要到东京神保町游历,特别嘱咐代购,以为新书编辑参考者,其中包括:高桥辉次编《古本屋自画像——店主们的喜怒哀乐》、山本善行《古本哭笑日记》、福田久贺男《探书五十年》、善谷正造监修《一册之本》、纪田顺一郎《日本书物》,外加东京旧书店巡礼 Mook 一册。"书当快意读易尽,客有可人期不来",得读快意之书,与谈可人之客,其乐如何?

夜里翻读旧书店巡礼 Mook,店店特色自成,美不胜收,转念台北所有,顿生惭形之感。眼见其中有一家以"横沟正史初版本"为镇店之宝者,蓦然想起去年在北京潘家园偶然购得昭和十九年(一九四四)初版五千部的横沟正史《剑之系图》,文自秀小姐下月还要再访神保町,或者可托她代送鉴定,搞不好……热昏头的夏夜,浮想联翩,一时竟有"开运鉴定团"飘飘然颠倒梦想之感。

七月三十一日　　星期四

昨日晨起,左脚即微感不适,心知痛风即将发作。近日公司热水瓶故障,泡茶绝少,喝水不多,或者因此尿酸升高,逼积而发。进办公室前,先到诊所拿药,护士一见,便知所为何来。下午公事告一段落,即返家休息。今日略见好转,猛灌开水后,夜里渐渐趋缓,明天应该可复原了。

连日翻读东坡尺牍,有"扬州有侍其太保者,官于瘴地十馀年,北归,面色红润,无一点瘴气,指示用摩脚心法耳"云云,"摩脚心法"者何? 莫非宋代就有"吴神父脚底按摩"了? 呵呵。

燕子·脚趾·难

八月一日　星期五

曹锦辉二度出赛,表现不佳,无关胜负。此或如股市获利回吐,小跌盘整后,还会攀高,久远却不复忧也。

八月二日　星期六

花莲县长补选,民进党动员全党之力、举岛之资源,颓势难挽,还是惨败!一九六〇年四月二十二日,台湾民主颠踬起步,言曦先生写过一篇题为(美国)《候选人精神》文章,用以勉励台湾:

"无论属于批评或属于自荐,亦皆有其适当的分际:一、对于政体与宪法的尊重（在美国如有人在竞选演说中主张采用帝制，必遭严厉的干涉）；二、层次不逾，属于州政府范围内的候选人，其政见不涉及联邦政府的臧否；三、不承诺给予某一特定人群的非分权益（例如女性的候选人倘承诺当选后把公立学校所有男性的教职员一律解雇，以扩张女性的就业机会，是不可想像的）；四、不以个人的隐私攻击对手。"

这算是选举 ABC，民主的初步了。然而经过四十年又四个月之后，我们拿这四点去检验这次选举，竟然发现无一能行，分际难守（不愿守？）。党禁是解除了，但民主进步了吗？真的很难说！

八月二日　星期六（其二）

古人文章有系谱，性质分公私，"记传议论"公诸大众，为流传取名而写，实话实说的少；"日记"看似隐绝，实则未必，下笔即存心给人看，有所为而写者，正不在少数，清代李慈铭《越缦堂日记》即是一例。介乎两者之间，心情自然流露，言语不讳者，当属"书信"了。乌台诗案之后，苏东坡如惊弓之鸟，畏事之至，废诗不写，心中自然而然设了一所"警总"。夜读东坡尺牍，临事悚然之情，可哀可悯。中国文人，千古以来，同受此惊，大约都成了某种深层文化制约了：

"示谕《燕子楼记》，某于公契义如此，岂复有所惜？况得托付老兄与此胜境，岂非不肖之幸？但困踬之甚，出口落笔，为见憎者所笺注。儿子自京师归，言之详矣。意谓不如牢闭口，莫把笔，庶几免矣。虽托示向前所作，好事者岂论前后？即异日稍出灾厄，不甚为人所憎，当为公作耳。千万哀察。"

览信可知，大约是友人跟苏东坡邀稿，请他写篇《燕子楼记》（燕子楼是唐代名妓关盼盼的居室，位于古称"彭城"的徐州，冯梦龙《警世通言·钱舍人题诗燕子楼》即追记其事），苏东坡一朝被蛇咬，畏讥怕谗到了极点，因此给推却了。"出口落笔，为见憎者所笺注"、"牢闭口，莫把笔"，三言两语，包藏多少辛酸。苏东坡虽然没写《燕子楼记》，却写过一阕很有名的《永遇乐》，自注"彭城夜宿燕子楼，梦盼盼，因作此词"，但不知是在"异日稍出灾厄，不甚为人所憎"后所写，还是早写了，友人读后，才要他再写篇《燕子楼记》：

"明月如霜，好风如水，清景无限。曲港跳鱼，圆荷泄露，寂寞无人见。沉如三鼓，铿然一叶，黯黯梦云惊断。夜茫茫，重寻无处，觉来小园行遍。　天涯倦客，心中归路，望断

191

故园心眼。燕子楼空,佳人何在?空锁楼中燕。古今如梦,何曾梦觉,但有新欢旧怨。异时对,黄楼夜景,为余浩叹。"

这阕词,若为"见憎者"所知,诛心腹诽笺注起来,大约又是"充满怨怼,无礼于君父"了。中国诗词,月朦胧,鸟朦胧,横看成岭侧成峰,随时都留给"政治干预"许多想像与发挥的馀地。

八月三日　星期日

台风要来?台风不来?

台风终于来了!台风在南方,

岛北的你,只分到少少的

风跟斜斜的、斜斜的

点滴掉落的太阳雨。

"大暑后十五日,斗指坤为立秋。秋者揫也,物于此而揫敛也。后十五日,斗指申为处暑,言溽暑将退伏而潜处也。"《养馀月令》引《经纬》的话说的,意思很简单,再过五天的八月八日,也就是阴历七月十一日,就是立秋,以后渐渐会凉快了。真的吗?听说西欧热浪四溢,热死了好些个老人家哩。

八月五日　星期二

下午与友人聚会喝咖啡。闲聊到大陆出版品进口办法，其中规定台湾出版社已购得版权者，书商不得进口，以免扰乱市场。这是保护本地产业的美意，实施起来，却窒碍难行。

以钱锺书夫人杨绛回忆录《我们仨》为例，台湾繁体版还没上市，大陆简体版、香港繁体版便已同步出版。港版因标价高，较无竞争力，简体版水货则或公开或地下流传，台湾出版社权益荡然无保。此事有否取缔？如何取缔？出版社人手有限，顶多去函书商警告。审核版权单位（出版协会等）有权无责，顶多移文"新闻局"告知情况。至于"新闻局"，依以往取缔色情书刊的效率来看，届时又要会同有关单位（警察局啦、地方新闻处什么的），等到真正出马取缔时，大约热卖周期过去，书商也赚饱了。

这种情形可怕倒不可笑，另一个可能、可怕又可笑的是，台湾把版权卖给大陆（譬如幾米的作品），大陆同步制作完成后，再回销台湾，低价竞争。随着简体字识字人口日益增加（由繁入简易，一般人只要用心翻读一本小说后，简体字多半识得了），台湾出版人搬石头砸自己脚的可能性也越来越大。"台湾出版环境，真的越来越困难了"，这是本日结论，一座四人，无异议通过！

附记：东坡尺牍明人批点有所谓"言之色飞，词虽飘撇，而心喜之状已见"云云。"飘撇"两字可疑，台语"ㄆㄠ ㄆㄧㄝ"（形容潇洒不拘），一般对以"漂泊"两字，论音义，"飘撇"或者更近似。

八月七日　星期四

都说膝盖是人体最难看、最没个性的部分。夏日坐捷运，百无聊赖乱乱看，无论男女，膝盖确实都像 N95 口罩，圆溜溜没啥个性，但论难看，看来看去，似乎还比不上脚趾。古人以"玉笋"、"玉尖"、"玉纤"来形容女性手指，无不充满想像。至于脚趾，好像只有一个很好笑的代名词："走指"。宋人《雪中闻鸠》诗"通衢结泥冰，走指堕或半"，跟明人《学书》诗的"歌彻阳春酒半醺，玉尖搦管蘸香云"比起来，也简直天差地了。假如你真的很无聊也够无聊，不妨趁此夏日好好比较捷运之上、凉鞋之中的男女老幼脚趾，最最高明，除了极少数当得"干净"两字，无论如何涂抹趾甲油彩，似乎还是无法予人以更多想像，给予更高评价哩。

夜里，听说乔志高老先生耄耋丧偶，梅卿女士过世了，心头不禁一阵唏嘘。老先生如今也有八十好几了吧？娴于中西文学、勇于译事的《今日世界》同辈文人，夏济安、宋淇（林以亮）、汤新楣、徐讦等人，或早或晚，都归道山，如今大约就剩乔志高跟思果两位老先生了。老成凋零，人死如灯灭，但有些灯灭了，却总会让这世界暗得更多、更快一些。但愿老先生多保重，一切都好！

赶书·论诗·搬

八月十五日　星期五

　　编书有两种方式，一种是"先文后编"，也就是先有文章，编辑再就文章内容，判断属性，而后抓出一条线索，按照逻辑，将之串连成书，一般所谓"结集"，即指此，这也是最传统的编辑方式。另一种则是"先编后文"，也就是编辑先想出一本书的架构，而后跟作者一步一步将之完成，一般又称此为"企划编辑"，这是出版成为一种商业活动之后，竞争激烈下的产物。

　　大体而言，非专业写作人士，因时少事繁，往往且战且走，"先文后编"；专业写作人士，时间多，志业在此，乃得与编辑拟定写作计划,全神贯注,一气呵成。最惨的,莫过于明明手边工作一大堆的半吊子,偏偏受不了诱惑,看到编辑提出闪亮的点子,见猎心喜,轻诺要做,事到临头,却被稿债逼得绕室三匝,无处可倚。此即敝人此时惨状。答应撰写《蠹鱼头旧书地图》,是识得破,忍不过,半推半就喝下一碗"大哥,这非你不可"迷汤的后果。如今截稿在即,可恨全书也写好八成(如果都没写,也好,就厚颜无耻放弃了咩),目标在望,做了过河卒子,想不拼命向前都觉得可惜,只得日也赶,暝也赶,赶得人生无趣,但愿早早完工,脱离苦海了。

事实证明,任何一件好玩的事,当作正事,就不好玩了。

八月十七日　星期日

为要写书多找书。几个月来,到处翻找出版社资料,所得却极有限,五十年代著名出版社如重光文艺、启明、大业、明华、百成、长城、华国等,几乎文献无征,欲考无门。"断简残编,搜罗匪易,郭公夏五,疑信相参,则征文难;老成凋零,莫可咨询,巷议街谭,事多不实,则考献难。"连雅堂《台湾通史自序》这段话,用在任何时代的台湾史料,似乎都很合适。于此也更可看出《文讯》杂志之可贵,若非这本杂志几十年来默默从事当代文学、出版史料汇整,只怕连这"少许"都没得找了。然而,由于"党产清理",弃卒保帅,以往依赖国民党挹注的经费无着,前些时候,《文讯》传出停刊消息,最后好像是沿街托钵,到处求救,方才脱离险境的。有些东西,眼前没有,似也无妨,一旦要用了,才知道什么叫"昨日不救,今日后悔"。这杂志,该设法订阅一份才是。

八月十八日　星期一

台风要来。台风来了? 台风去了! 又是什么也没留下。全台北期望今早醒来有一天台风假可放的人通通失望了。阳光普照,晴空万里。台风,在哪里呢? 气象局说法是,"梵高"稍稍偏北而行,风裙轻摆,吊足台湾人胃口,却挥一挥衣袖,就走了!

夜里有风,写稿而倦,翻读《言曦五论》,《新诗闲话》篇云:

"象征派诗人最大的一种危险是本无可以捕捉的诗境,而不得不再以艰涩的造句来掩盖其空虚,浅入而深出,正如宋人评黄庭坚诗：'专在句上弄远，成篇之后，意境皆不甚远。'缺乏神秘的本质，而专在章句上故布疑云，对于读者是一种笨拙的愚弄。"

此文写于一九五九年，拿来验证如今满坑满谷的网路诗人，还是确切可用。尤其诗论，专在章句（文学术语）上故布疑云，把"本无甚神奇可以诠释的诗句"，讲得背后仿佛隐藏高山峻谷，大河汤汤，同样让人摇头想笑！

八月十九日　星期二

办公室将于月底搬迁完毕。审视成年累月堆积的书籍，才晓得事情大条了。新办公室空间有限，私地小小，眼前存书势必汰择归位，该带去的带去，带不去的就送走。问题在于，家中早已书满为患，落地起书堆，触目皆是。要带回去，光是一百多期的《太阳》杂志，就够受了。细细盘算，扣除可以送出的，大约还有五百本，得装二十馀箱，何去何从？真是伤脑筋呀！"拥书百城，何假南面称王？"话说得真好听，可也得有"城"才行呀。无城之书，恰如难民，跑来跑去没个落脚处。称王？我看讨饶都来不及哩！

夜里续读《言曦五论》，文中提及某位终日奔走骇汗，唯

恐一旦停下,地球即停止转动的朋友,邱言曦先生评论说:

"他之所以这样做是由于一种误解,以为勤能补拙,事实上勤并不能补拙,如果治事的方法是'拙'的,则愈'勤'愈足以偾事。"

世事洞明,慧眼独具,此所以言曦文章,至今让人怀念的缘故吧!?

八月二十一日　星期四

压力大时,就想逃避;疲惫之后,总想休息。手边书稿还没完成,心里思绪却已远远飘离。旅行的用处是什么? 转换时空,让一成不变到呆滞的生活,有凉风吹来,透过新鲜感觉,放松心情,补足气力,然后,唉,回来再战! 有位朋友日子总过不厌倦,精神奕奕,鲜活灵动。问他原因,他说,以往常出国度假,总觉得那样才能放松、休息。某次走在纽约街头,忽然若有所悟:"假如我能保持此刻的'旅人'心情,台北即是纽约,天天都可休息了。"归来后,他便尝试以"旅人"之心过日子,锻炼很久,终于成功。我问他,那是什么? 他说:"用这辈子最后一眼的心情去看待每件事、每个人、每一条街道建筑!"咦,"临终的眼"出现了,殊途同归,川端康成不也说"一切艺术的奥秘,临终的眼都可看出",难道生活的艺术也不例外?此中有深意。我承认,我还不行。所以,下个月还可去旅行,喔,不,修行,好好用心锻炼他这句话,期望也能拥有一双"旅人之眼"。

俳句·云门·溺

八月二十二日　星期五

大暑似已过，天气有凉爽模样。秋风起于萍末，最好能快快吹送。今年夏天，真是热怕了！秋日若到，总会想要读俳句，原因未明。就像春天到了，抓起一本唐宋诗集，就能看得津津有味。夏日里，则新诗最好，格律宽松，凉爽无比。到了冬日，寒夜无客，正宜读经，尤其《维摩诘经》。

俳句是日本独有的，每首五七五共十七音，不容易翻译。俳句的好，好在意蕴含蓄，总能留给阅读者悠然不尽的意味，很有拈花微笑的味道，也似参透人生滋味，欢喜都无言了。几位日本俳句大家，（松尾）芭蕉闲寂，（与谢）芜村飘逸，（小林）一茶率真而素朴，俱皆耐读：

"寂静似幽冥，／蝉声尖厉不稍停，／钻透石中鸣。"（芭蕉）

"菜花黄似金，／鲸鱼离岸不靠近，／海上正黄昏。"（芜村）

"今天是这样，／像孑孒游游荡荡，／明天也这样。"（一茶）

手中一册大陆林林先生所翻译《日本古典俳句选》，翻了几年，竟连书皮也不见了。

八月二十三日　星期六

一位朋友送来云门三十周年演出的门票，就去看《薪传》了。一九七八年十二月十六日首演的老舞出，以前只听过，今天终于看到了。可能距离会感动的年纪、该感动的年代都远了，反而让人更清楚看出这舞出的时代性，从京剧中采撷、演绎而出的身段跟舞式，猛一看，竟然还有大陆样板戏的影子呢。至于结尾从空垂落的双巨红幅"国泰民安，风调雨顺"八个大金字，那更是"大团圆，一家亲"了。此舞出，艺术性有限，所以被云门选为三十周年首场演出，想必纪念意义大于一切，真正要看云门的境界，还得过两日的《行草》方见真章！

此次观舞，感动少回忆多，昨日历历都被唤醒，追忆是一

203

种幸福,尤其"忆苦思甜"的话。前日阿扁也来看此舞剧,不知感受如何。盖无论从任何角度来看,这出舞,如今都是"政治不正确"的。而"云门",长久以来所拥抱的,更是"政治不正确"的文化根源,当道常爱以政治尺度衡量文化,云门理应列入"疼不入心"之流,然则为何又特地拨冗观看慰劳呢? 想来想去,大约也只有"拼选举"这个答案了。

八月二十四日　星期日

晨起,骑脚踏车载小外甥阿宽到重新桥下跳蚤市场闲逛,去时逆风,踩得满身大汗,不时回头取笑:"载你简直就像载颗大石头!"阿宽听得吱吱乱笑,一直大叫:"大石头,我是大石头!"有伴同游无书可觅,绕了半天,仅在 Booker 处购得一本五十年代高雄大业书店所出杨念慈《黑牛与白蛇》初版本,收获远远不如上次来时。人群杂沓之中,竟然又买到高罗佩一九五一年于东京限印五十部的《秘戏图考》,虽然仅是三册之一,但也够让人雀跃不已的了。至于少年阿宽,收获可不少,买了两盒游戏王卡,一只游戏王模型,还没回到家,路旁停车暂休息时,便急忙拆卸比对,看看有无"好牌"。这玩意儿一如"战斗陀螺",都是让人难解的东西。回到家,七岁的他直嚷:"下周再去!"——善门难开,石头难载,此之谓也! 呵呵。

八月二十六日　星期二

天母胡思二手书店阿宝店长来电致谢,因为周日中时《开卷周报》刊出拙文,带来了不少顾客。"胡思"偏在盆地北隅,附近又无大学可依靠,经营颇艰辛,幸而全店工作伙伴士气颇高,还能奋战下去。逼稿成篇的文字本无足观,若能收功,得助一臂之力,那是意想不到的收获。

办公室月底将搬迁完毕。夜里将随身二十多年的榕树盆栽带了回家。此榕树是一九八二年服兵役时在苏澳武荖坑所插栽,退伍后,无论去到哪里,总跟随相伴。二十年过去,原本时馀长的躯干,已长到呎馀,生机蓬勃,绿意盎然叶满身,谁知当时一起当兵的好友 C 却以英年早逝了。睹树思人,真有不胜唏嘘之感。"树犹如此,人何以堪?""侬今葬花人笑痴,他年葬侬知是谁?"古人之叹,诚然若是!

八月二十七日　星期三

终日写稿打包、选书送人,忙里偷闲看笑话。手中一本

《文苑滑稽谭》，看了好久还在看。其中"滑稽诗话"颇有可笑者：

"一医治一肥汉而死。人曰：'我饶你不告状，但为我抬柩至墓所。'医人率妻、子共抬。至途中力不能举。乃吟诗曰：'自祖相传历世医'，妻续云：'丈夫为事连累妻'，长子云：'可奈尸肥抬不动'，次子云：'今后只拣瘦人医'。"

近日成天写稿都无运动，体重跃升，节节逼涨，再不用心检点，大约也要被列入"拒医"之列了。此日报载，新竹地区有一男子重达二百七十馀公斤，行走困难，病卧在地，消防员拆门而入，才得将之送医。足诫！足诫！

八月二十八日　星期四

大陆女子偷渡来台，警艇逼近巡查，船老大竟将一干女子推踢落海，造成六死一伤大悲剧。阿扁发表看法，重点是：一、北京政府不该放任偷渡。二、大陆女子以脚投票来台湾赚大钱。此话一出，两岸口水战，大约难免矣。昔日千岛湖惨案，台湾人客死异乡，最后得以"很不满意但终接受"解决，关键在于"不管政治，只谈犯罪防制"，如今"不管犯罪防制，尽谈政治"，这事真真难了了。而最终牟利于无形的，只怕还是庙堂高官,死不瞑目的则是无辜百姓。"此亦人子也",这句话不摆在心上,河清难俟,和平难得。此日收到友人转寄"台湾正名大游行"路线、编队图,回信曰:"不要再寄了,我拒绝政治污染!"

异乡·书市·看

九月五日　星期五

中午十二点二十飞香港，十五点二十飞北京，十八点十分抵北京。

中正机场、香港机场人潮稍减，许多免税商店都拉下铁门歇业了，大约尚未从 SARS 风暴中恢复过来。两班飞机都未坐满，空位处处，跟以往一位难求、满耳尽是台湾旅游团嘈杂声大不相同。由台北飞香港，前后都有空位，偏偏身旁坐了位体积绝不在敝人之下的泰国胖哥，两胖相挤，无人得利，语言又不通，无法磋商他移，大约都觉得有些闷气了。先搭"国泰"后转"港龙"，与前次最大不同处，乃餐饮质量、分量下降多多,且难下咽,真是非常适合理当节食者搭乘。

黄昏抵北京上空,一片灰蒙蒙。昨天,刚从北京返台友人来电谈起:为了奥运,北京大兴土木,成了一座浑城。今日亲历其境,果然不差。出机场等计程车,排队毫无章法,停车上下一片凌乱,拉客接客大呼小叫,果然,那种"来到一个大眷村"的感觉又回来了。

一切安顿好后,已过八点,居所街口日本料理店尚未打烊,点叫一份鳗鱼饭补给辘辘饥肠,虽然酱油下得过重,很咸很不对口味,还是吃了个精光,都要感谢"港龙航空"那很不怎么样的餐点。

夜里颇凉,半夜风起,吹开窗帘,月色天光入眼,然后知道,倏然已在异乡!

九月六日　星期六

晨起,天色微亮,推窗张望,果然如友人所言,住所环境颇佳,绿树成荫,鸟鸣更幽。八点半,赶赴琉璃厂海王村大院参观"第二十三届古籍书市",此非预定行程,凑巧赶上。昨夜友人接机后,第一报告就是这个消息。"古籍书市"类如东京神保町的"古书祭",不同的是,东京是由神保町各旧书店共襄盛举,于露天搭棚举办书市赶集,北京则由"中国书店"一力担纲,旗下各分店集体演出。此回格外受人瞩目,乃因为海王村拆建在即,各方估计库房许多旧书可能因此散出,珍品可期。果不其然,该店新闻稿即称,将释出"一万七千馀部解放前旧书,八千馀部解放后旧书及近千部外文旧书,两千馀部待集配的旧书(残书),和大批量的旧书、降价书与品种繁多的新印图书、再版新书交相辉映"。

由于出发得早,抵达时,人潮不多,摊位不少。随着太阳越升越高,人也越来越多,许多摊位挤得水泄不通,转身都有困难。匆匆巡行一回,发觉木刻本线装书,多摊陈列,却多为残本,翻配不易,价钱也不低。真正值得大采购的,还是大家虎视眈眈,一上架就被争夺一空的二三十年代出版品,以及较少人注意,可以慢慢挑选的五六十年代出版品。总之,珍品出动,要你冲动,确有可观之处,糊里糊涂赶得上这一回,大约冥冥中自有定数吧!

一上午下来,看了很多,却因后悔经验多了,深知入宝山千万三思而后收的教训,所以仅挑选了十多种,值得一提的,包括:

一、民国十年商务版,严复译,《群界论》、《名学浅说》。

此二本版权页皆加钤严氏版权印，所以珍贵。

二、昭和十九年版，鹤见祐辅著，《后藤新平传——台湾统治篇》（上下）。此书早为名著，书前钤有"小村侯记念图书馆"、"南满洲铁道株式会社图书印"两章，更见希罕。

三、一九〇二年纽约版，Maltbie Davenport Babcock 著，*Letters From Egypt and Palestine*。此书纯因版式、装帧优美，足为编辑参考而买。

四、同治十一年上海久静斋书局石印本，《绘图宣讲拾遗》。此书收录《圣谕广训》及宣讲事例，颇有趣味，故收之。

五、一九三一年波士顿版，James Harvey Robinson 著，*Medieval and Modern Times*。此书图版多样，印刷上乘，书前且贴有"燕京大学图书馆"藏书票，故珍贵。

六、中华民国二年《宪法会议审议会速记录》第一册、《宪法会议速记录》第一册。流落的国家档案，也是历史文献。

七、中华民国三十五年十一月，台湾省行政长官公署农林处编，《台湾农林》第一辑。乡梓文献，不可不收。

八、中华民国三十七年八月，台湾省公路局编，《二年来之台湾公路交通》第一辑。乡梓文献，不可不收。

九、中华民国三十二年四月，《立法院第三周年工作概况》。此"立法院"乃汪精卫南京政府之立法院，有趣故收之。

中午，友人介绍与北京"杂志大王"谢其章等四位书友相识餐叙，围坐共食京味菜肴，从炸酱面到烤鸭，无一不佳。继而各人分别展现"战利品"，高手斩获，例皆不凡，颇有令人大开眼界者。谈笑评点声中，欢然尽兴而归。

九月七日　星期日

上午，再赴"古籍书市"，出书更快人潮更多抢夺更凶，与友人默契"大开杀戒"，添购数十种而归，其中尤以二十馀种"丛书集成"笔记小说，最是令人欢喜。购书之乐有二，一是"购"之乐，珍品得为己有，颇有快感；一是"书"之乐，好书得而读之，其乐融融。前者纯感觉，迅起迅灭，与买名牌皮包、高档汽车，并无二致；后者属学习，体会而后有所得，跟交朋友、学手艺相近。此二乐，皆有趣，并无高下之分，耽溺任何一种，却都容易患得患失，"寻趣"转成"无趣"了。

午后，会晤《中国图书商报》市场总监任江哲小姐，交换两岸出版产业状况，相谈颇欢。会后，由她开车送归，因道路不熟,东绕西绕,总出不了西单一带,同行友人笑称:"这下子把中友百货各种角度都考察遍了!"中友百货位在最热闹的西单,此日天晴无云,一派秋高气爽模样,满街都是趁假日出来溜达的男女老少,细看打扮举止,染发露肚脐、现臀打鼻洞、当街拥吻、就地坐卧,"全球化"之下,台北西门町,北京西单广场,两"西"连线,直直接得上,毫不突兀,除了一边卷舌,一边不卷舌之外。

夜里,翻读白天所购笔记小说,明黄东崖《屏居十二课》,中有《摊书》一章,颇有意致:

"午后观书业已疲,何论夜起? 然书惟夜读,诚有逾昼读什倍者,或吟讽三五章,或点定一二字,机锋偶触,意绪横生。汉成帝尝云:吾昼视后,不如夜视之美。信夫。古读书每用三馀,曰:夜者昼之馀。余意夜归'馀',连昼而言,仅为今日之终,不如旦履端,中夜而兴,遂为明日之始。余老来不能晚睡,而恒早起,若未敢以'馀'闲视之,其谓是欤。《易》不言'阳阴'而言'阴阳'理同,然余亦徒言之已矣。《汉书·食货志》:'冬,民既入,妇人同巷,相从夜绩,女工一月得四十五日。'注:'一月之中,又得夜半为十五日,凡四十五日。'苏子瞻诗:'无事此静坐,一日似两日。'噫,两日诚难及也,或多此十五日焉可也。"

其实，十五日亦太多，早睡早起，五点开始看书，每天多个三小时，一个月九十小时，将近四天，一年四十八天，也等于多一个半月，积少成多，不可不谓惊人。依稀记得梁实秋先生曾言，每天黎明即起，搬个小板凳，坐在庭院中边看边翻译《英国文学史》，一年下来，竟然也就大功告成了。没时间读书？都是自己在说的。

宋本·短信·展

九月十五日　星期一

　　宋朝离开现在,将近一千年,则是三十六万五千天以前的事了。当时的书籍,历经兵燹水火之厄,还能流传到今日的,能有几部? 宋版书因其"写刻精细,字大行疏",明代以来即成为藏书家竞逐对象,致有以美婢、千金换得一书而百不悔转,更有以"百宋一廛"而洋洋自得者。如今,想看一本真正的宋版书,拍卖会、图书馆、博物馆偶然得见,但也只能远观而不可亵玩。秋日京师,书缘殊胜,谁知今日夜里,夤缘竟一连见到好几部宋版书,甚至连北京图书馆也无的"契丹藏"都觌面一识了。

藏书主人自隐其名,多识多金,好学好客,藏书万卷而不自镉其珍。今日晚宴散席后,得幸同赴其居所,且聊且看,一部又一部的藏书,卷卷摊放眼前,宋本元椠,明刊清刻,任手翻目阅。最最印象深刻,当属乾隆皇帝所藏,列名"三希堂"之珍的《后村居士集》与《周昙咏史诗》。昔日想而难见的图录宝物,如今就在眼前,怦然心动,感何如之?一者真心感意气,主人盛情如海,竟难说其深大了。其次睹物思人,不免想像曾经亲手翻阅此二书的历代人物故事踪迹,物存人亡,凭此相追,一时竟有些恍惚,深刻感受巨大的历史时空力量了。"看了这些,也够说一辈子了!"同行友人笑笑说着。京华烟云多幻奇,今晚总算见识到底了。

九月十六日　星期二

午后赴西单图书大楼参观。此图书大楼,如今已成北京地标之一,赴京之人不能不逛的名胜之一了,据说每日营业额可达数十万人民币,流通人数则已上万。对于这一仰头只见其高、入内但见己小的"书城",老实说,个人并无好感,甚且觉得很是无趣。此一"无趣",或者种因于自己的小家子气(或小资产阶级文人的头巾气),心里总觉得,买书是件细腻的事，应该悠哉游哉，慢慢寻细细挑，在有些冷冷清清中找到甜甜蜜蜜的册籍知音。"书城"也者，说来仿如"拥书万卷，何假南面百城"一样豪迈可人，实际上却是比"连锁书店"还要更资本主义的"Shopping Mall"一类的玩意儿。进得门来，畅销书叠得半人身高，恰如卖场入门的特价罐头、果汁山，人人手推网车一辆，见好即取，验明即丢，面无表情，推挤人群，一路一层抢购过去，待得书满车，人倦了，排队读码刷卡，取货装袋而出。整个过程，跟到大卖场买足一周食品毫无两样，买书买到这种地步，还剩什么趣味呢？当然了，"货品足、价钱低、银货两讫不啰唆"，确实都算优点，然而，属于文化层面的那一点点念想却也索然无味、悄然无踪了。

"不也就是精神粮食嘛，扯那么多干啥？"想不买书又买书，理由证明存在，存在即是合理。拣来这句话说服自己，黄昏出得"书城"来，背包里还是多好几本书了。识得破，忍不过，说的比唱的好听，人生从来都是这样矛盾的。但，无论如何，我还是很高兴：台湾什么都有，就是没有一座像西单图书大厦的"书城"，也希望一直都不会有！

九月十七日　星期三

昨天闷热难当，云层低垂，整座北京城灰蒙蒙的。在京友人凭经验论断:"快下雨了!"傍晚没下,夜里没下,黎明时就被雨声给吵醒了。来北京这么多次,碰过雪碰过风,这却是第一次碰上雨,而且是不小的雨。据说,今夏北京气候反常,一点也不热,入秋后,还是不稳定,往往今天万里无云,天高气爽,隔日就幡然变天了。

因为下雨,原本拥挤的交通更加紊乱,今天揭幕的二〇〇三年北京国际图书博览会,即北京国际书展,连带受到了影响。北京展览馆外人车挤成一团,场内同样水泄不通,加上湿漉漉的雨伞沿路滴水踩踏,整体竟显得有些狼狈了。匆匆绕巡全场一周,整体观感是"不如前矣"。连看三年后,感觉去年是最巅峰,今年已见下滑,乍看实无任何予人兴奋、惊奇的新书、大书。这当然跟延期举办,出版社年度计划难以配合有关,但揆诸"二渠道"同样萧条态势,则似乎可证明传言不虚:"战争已从生产面打到行销面,如今大家着力争夺的是通路!"

台湾此次来三百馀人,较去年五百馀人的浩大阵容,同样有所失色。展场内,除了城邦、联经较为醒目外,其他多为中小型出版社,甚且有在台默默无闻,却于此发展甚好者。台商势力,无所不在。出版也是产业之一,当然不例外。会场中随处碰到同业相识，握手寒暄之外，所谈无非交换介入此一市场的种种情报，此书展真正重点在此，此所以午后起，即由场内到场外，台面转台下，开始纵横捭阖，跟大陆同业相拉手，互点头矣。

九月十九日　　星期五

连日拜会交流，至此告一段落。"山雨欲来风满楼"，大约是大陆同业共同看法。也因此招兵买马、结盟扩编、凝聚壮大，便成了大陆出版业此时的重点策略。"安危来日终须仗，甘苦来时要共尝"，大陆出版集团化，归纳起来，循二途以进：一是响应政策号召，由上而下，联合各省级或性质相近出版社，结合成为出版集团，用以整合资源、降低成本，如上海出版社所汇成的上海世纪出版集团，三联、人民文学、商务等老字号联合而成的中国出版集团等皆是。另一种则是"体内繁殖"，由下而上，以"扩编"方式增强本身实力，同时插手上下游产业者，如广西师范大学出版社便同时在北京、上海等地各拥有相当于一小型出版社的编辑工作室，且在广西本地拥有印刷厂与连锁书店。此种集团化趋势，化零为整，拥立山头，对于中国出版之将来，成败利钝，到底是好是坏？谁也不晓得。但对于一个退书率已超过四成、货款票期超过六个月、盗版严重到"同步出书"的市场而言，在整体纪律还没完全建立起来之前，没有足够资金，大约很难生存，谁能熬到最后，才有获胜的可能。这或许是不得不"集团化"的另一外在因素吧。

九月二十日　星期六

晨起，虽仍疲惫不堪，却强打精神赴潘家园淘书。到达之后，方才发现，原本是充满自由开放精神的广场摊墟，如今已被"整顿"成一路式的街摊了。站在街头眺望，二三百米的距离，宽不过十来米，两侧摆摊，加上逛摊人潮，迅疾挤成两条人龙，想插队而入都很困难，好不容易"插队落户"，拣起一本书来，也不能、不敢放心翻看，因为后面的人群蠢蠢欲动，你不动，便挡住人家去路了。一早上下来，只觉逛得真疲倦，却买不到几本书。总之，中国的事儿，"放了就活，一管就死"，潘家园前途，或者也将如此！？

今日购得一九六九年内部学习版《无产阶级文化大革命胜利万岁》，书中收录彼时"最高指示"、"两报一刊重要社论"、"中共中央通知"等，算是原始文件汇编，真要更深入理解"文革"，还是得由此起步；一九五九年三联版《五四运动文选》，除新文学运动相关史料外，还收录马克思思想、社会主义初期发展的重要文件，这是台湾相关书籍所没有的；一九八四年版《唐弢杂文选》，收录唐弢先生《推背集》、《海天集》、《投影集》、《劳薪集》、《识小录》、《短长书》等旧文，最能见出先生书生面目，且旧版印刷清晰，版式古朴，不能不收。另有日文小书数种。此日之游，难说尽兴了，却也不算入宝山空手而还。

九月二十一日　星期日

北京人爱发"简讯"（此地称"短信"），爱到了极点。大街口、公车上，常见青年男女对着手机猛看猛笑，自得其乐。初期不知其所以然，后来发现同行友人也有这一习惯，询问之下，才知都是"短信"带来的欢乐。后来经常搭乘计程车，经常被迫收听广播，方才猛然醒悟，原来此地 Call in，竟是以较容易掌控而无杀伤力的"短信"取代一旦发言即难以制止，很可能就出事的"电话"。如此，既不失其"即时互动"的时代趋势需要，却又能避免"擦枪走火"的可能。因此当电视、广播节目主持人念出一串"手机尾号……的听众来电说"，其所代表的意义，绝非此地人打不起 Call in 电话（依我看，天性好"侃"的北京人，绝对会是电话 Call in 的最热烈支持者），而是"有中国特色的社会主义市场经济体制"的发扬光大。"讯息总会找到出路的"，此之谓也。

北京另一特殊现象，就是餐馆服务生特别多，其比例大约是台湾同等餐厅的两倍以上，且多为二十岁以下的年轻人。部分像台湾，系白天上课晚上打工者，较让人担忧的是，有些根本是中学毕业后，无力升学，只得离乡背井，跑到城市寻找机会的农村子弟，据说包吃包住，一个月薪水不过三四百元，真是少得可以了。"现在还纯朴，过两年就像个油条子了！"北京友人指着勤快伺候茶水笑得天真灿烂的一名小伙子背影说，言下不无感慨，却也无可奈何。十三亿人张口要吃饭，那是多么庞大的人力资源，或者说，残酷争生存的现实存在呀。这样的事，真是不能想，一想起来就惊心动魄！

归乡·七十·哮

九月二十六日　星期五

　　一大早便阴雨绵绵，云层低垂。昨天送出了二袋书籍，请人代带，但行李会否超过二十五公斤，还是值得怀疑。这几乎是宿命了。每次到北京，尽管不断自我告诫"不要多买，带不回去，带不回去的"，最后则总是连拖带寄了事。仔细算一算，加上邮费，大概跟台北书店乘四点五倍的大陆书籍也差不多费用了。唯一稍堪阿Q式的自我告慰是："大陆书可不好买，过了这山，就没那店。何况是旧书！"

　　大概因为气候因素，飞机延后一小时，一点半终于起飞时，手上无聊翻阅王朔随笔，心里担心的是，待会儿到了香港,搞不好要演出"百米赶机记"。大陆走久,状况百出,我真的恨三不通! 机抵香港,距离飞台北时间仅剩三十分钟,天生胆小之人,果然手忙脚乱,急急下机,"王朔"那瘪子就这样给忘在机舱了。

回到桃园中正机场,天已黑,万家灯火。入境时,填SARS表、量体温,这事香港也做,但有礼有序,不甚打扰旅客,绝不像台湾机场卫生官员,喊的比做的多,(为了全民安全,大家一定要量!)吓的比说的多,(千万注意,填写不实,要负法律责任!)场面混乱,像极了菜市场。然后你才明白,此时你已不是异乡客,回到故乡当家做主,你又是"头家"了——"常常要头痛的人家"!

九月二十九日　星期一

昏睡两日后,正式上班。所有同事见面第一句话,几乎都是:"怎么去这么久? 终于想到要回家啦!?"中午拨空到公馆旧书城,缴交出岛前所买那一堆《别册太阳》书款,架上那套价值不菲的集英社"浮世绘大系",别来无恙,依然静待有缘人。忍不住取下翻阅,眼见图美印刷好,心底不免又浮想联翩:"为何这么久还没卖出? 千里马常有而伯乐少见。

莫非我就是……?"不行!绝对不行!打断蠢想,抱头鼠窜出了书店。一个下午心都不安,一不小心,"坏"念头就出来了。"动念即乖",禅家所言,真真不差呀。

夜里,读此次所购回汪曾祺先生《榆树村杂记》,这是较少为人知,一九九三年的散文集。汪氏文章,青出于蓝而别于蓝,乍看似有其师沈从文先生踪影,细看则又不然,散淡之后,隐藏浓郁文化气氛,跟沈先生一派自然纯朴的淡笔,又自不同了。书中《七十书怀》篇,有汪先生《七十书怀出律不改》诗:

"悠悠七十犹耽酒,唯觉登山步履迟。书画萧萧馀宿墨,文章淡淡忆儿时。也写书评也作序,不开风气不为师。假我十年闲粥饭,未知留得几囊诗。"

汪先生以美食善饮闻名,晚年每次去探望师母张兆和,师母总要告诫他:少吃些,多活着点。汪先生却依然故我,不改其好。这次带回书籍中,还有他跟公子汪朗合著的《吃食四方》,果然别出一格,不愧"美食世家"之名。诗中"不开风气不为师"一句,据汪先生称,是因为"有一些青年作家受了我的影响,甚至有人有意地学我",所以他要诚恳地对这些青年作家说:

"第一，不要'学'任何人。第二，不要学我。我希望青年作家在起步的时候写得新一点、怪一点、朦胧一点、荒诞一点、狂妄一点，不要过早地归于平淡。三四十岁就写得平淡，那，到我这样的年龄，怕就什么也没有了。"

"年轻时我不能不激进些，以免年老后太保守了。"汪先生所言，跟洋人这种说法颇相近，代表一种"世代的理解与宽容"。相对于台湾文坛，某些"大师"动不动就对六七年级的微词批评，连声否定，彼此气度风范，大约可见一斑矣。

十月四日　星期六

"三月哮妈祖，十月哮野球。""哮"乃台湾语音，有写成左"犬"右"肖"者，"疯魔"的意思。三月妈祖生，台湾民间信仰大事，这里那里这尊那尊一妈二妈……出巡，沸沸扬扬，总要闹上个把月才了事。十月夏日阳光将尽，全世界职棒联盟都到了季赛结束，进入年度冠军争夺战决战时刻，透过电视实况转播，全球一家，可以从美国大联盟一直看到中华职棒。据说，单单十月，就有四十场以上"非看不可的季后赛"即将开打。算一算，平均每日一场以上，丈夫只顾看球不顾妻，"棒球寡妇"于焉产生。但只要不砸老公电视，好好让他看完十月,"死而复生"是必然的。更厉害的家庭主妇,螳螂捕蝉,黄雀在后。你爱看,我随你! 时过境迁关机之后,据说早列好"被冷落"清单,要求老公"实质"赔偿,而理亏于前的丈夫,一般都会慨然答应,尤其如他所支持的那支球队得到冠军的话。

十月八日　星期三

念想很可怕! 它会像一个恶魔紧紧盘踞攫住你的脑袋,一有空隙,立刻就跑了出来。一个星期过去了,那个可怕的"坏"念头依然折磨着我。春信、写乐、歌磨、北斋、丰国、广重、富岳三十六景、东海道五十三次……闭上眼睛,你仿佛就要看到那些美丽的图像,一张又一张,张张折磨着你。To be or not to be, It's a question? 难道穷人就没有幸福的权利吗? 连兰姆姊弟都有的快乐,我竟也无法获得么? 挤一挤,挪一挪,相信我,我一定可以撑过的! 但是,先生,算一算,你的"幸福"也未免太多了一点吧!? 上个月跨海挥霍,那一堆"幸福"还不够吗? 真正的幸福不在"拥有",而在"理解"。三十六宫七十二院,够多了吧,可哪位皇帝幸福过呢? 但计购书哪复读? 不幸都是这样开始的。你,还不懂吗? 但是,但是,十五本才一万二,看看那纸张,看看那装帧,看看那印刷,你到神保町,你到寺町通,就算碰得到,价钱会这么低?你扛得回来吗?千载难逢,白马过隙的人生,擦肩而过即成永远,千金难买一笑,江湖晃荡这么久,你还不明白?这么看不开,你不会幸福的啦。但是,但是,但是……挣扎是常有的,灭顶也是注定的。这一天中午,傅先生又来到了公馆旧书城,付出了十二张蓝色钞纸,买回了十五个"幸福",他自以为是的那种。"同时,我们觉得,重要的是信念本身是否诚实和有意义……至于结果,那便取决于际遇了。只有际遇才能指明,我们是在同幻影还是同真正的敌人作战。"屠格涅夫说的,出自《哈姆雷特与唐吉诃德》,其实,是这段话"害"他的。呵呵。

"国庆"·恐惧·咒

十月十日　星期五

　　"今天是国庆日。但是我一点都不觉得像国庆,除了这几张破烂的旗。国旗的颜色本来不好,市民又用杂色的布头来一缝,红黄蓝大都不是正色,而且无论阿猫阿狗有什么事,北京人就乱挂国旗,不成个样子,弄得愈挂国旗愈觉得难看,令人不愉快。"

　　这是一九二六年周作人的国庆感言,国庆是十月十日,国旗可不是"青天白日满地红",而是"五色旗"。他厌烦的是破烂国旗满街乱挂。

十月十二日　星期日

战斗是不分日夜在进行的,一如梦幻。早上看 MLB 国家联盟,晚上看中华职棒,凌晨再看 MLB 美国联盟,广告时间则翻读汤姆·克兰西的《恐惧的总和》。"或许你可将最英勇的水手,无畏的飞行员,或大胆的士兵齐聚一堂——但你得到些什么呢?他们心中恐惧的总和。"那个最有名的英国首相丘吉尔说的,克兰西这本书名的由来。那些齐聚在钻石型球场上的夏日男孩们,面对一百五十公里以上,宛如石头坚硬的飞球,也会恐惧吗?想像祸福未卜的厮杀,很快就要揭晓的胜负命运,他们会恐惧吗?有战斗就有胜负,有胜负就有恐惧。但,只要不流血、没有死亡,恐惧总是好的。"会怕,就有救了",记不得谁说过的,恐惧让人成长,说得多好!今日战绩:二胜一败。为了梦幻中穿着红袜的小熊,许多人看球时常会微微颤抖……

十月十五日　星期三

一个时代有一个时代的氛围,透过大师画作流传的,老实说,一般人很难领略。倒是从杂志、书籍插画上,格外容易体悟。近年来纷纷出土的张爱玲插画，画者无心，观者有意，三十年代上海那股颓废、世故却带点浪漫的摩登氛围便自然流露了。前日买到一套四本的旧画册，日本每日新闻社所出版，《岩田专太郎的世界》。说起专太郎这人，两岸大约少有人知，他却是跨越日本大正、昭和两代，最负盛名的插画家之一，作品以妖艳诡魅的"美人图"跟兼擅工笔、写意，充满妖艳淫靡气味的插画而为世所重。

专太郎生于一九〇一年，十九岁上京师事伊东深水，承继了江户以来的浮世绘传统，另方面也受到比亚兹莱（Aubrey Beardsley）的影响，结合东西精髓，自成一格。从日本人所最爱的"二元对立"角度来看，若把竹久梦二视为东京、纯文学式的插画天才，则专太郎无疑是大阪、大众文学式的代表了。

一九二六年，他因执笔为《大阪每日新闻》上所连载的吉川英治小说《鸣门秘帖》绘插画而一举成名，确立无可比拟的第一流地位。此后佳作连连，日本最重要的作家几乎都以能邀得其插画为荣，大家熟悉的如谷崎润一郎、三岛由纪夫、司马辽太郎、松本清张、大佛次郎、柴田炼三郎等，都曾跟他合作过。其插画虽然以"时代小说"为主，然而所流露出的氛围，却恰恰是"昭和一代"的诠释风格：颓废的、商业的、无情的、孤独的、肉欲的。

翻读《岩田专太郎的世界》，惊讶其精彩之馀（四季出版社曾出版胡泽民插画的《东瀛豪侠传》，如若看过专太郎作品，当可理解其根源何处了），不免返身观照，想起同为新闻插画出身，同样具有科班功力，六十年代专为南宫搏、高阳、司马中原等人执笔插画的陈海虹先生，以及八十年代为副刊插画另辟雄浑视野的林崇汉。陈海虹先生花果飘零，作品及身而终，大约已成定数，然则，是否有一天，我们也会有一套《林崇汉的世界》出版呢？以台湾出版界、新闻界对插画重视程度，我相信，当无可能——这或许也是一种"场所的悲哀"吧！

十月十六日　星期四

你不能不相信，这届真的有诅咒！昨天芝加哥小熊队出战佛罗里达马林鱼之战，只要再一胜就拿下冠军小熊队，前七局取得三比〇的领先，但八局上一出局二垒有人时，马林鱼队的卡斯提欧在二好三坏球时，击出一支左外野的高飞球，球往看台飞，小熊队的左外野手阿洛倚在砖墙上跳起来，眼看就要把这球接入手套,坐在外野的小熊球迷伸手想接这球,他没接到,却把球从阿洛的手套前挡掉了。尽管抗议,这球还是被判为界外球,大难不死的马林鱼队,自此如有神助,绝地大反攻,一局内连得八分,打得小熊鼻青脸肿。今早两队再战,气转势移的小熊无力回天,再以六比九败北,就此结束季后赛之旅。"I believed at three – one, I believed at three – two, I believed at three – three, I believe in next year once again!"一位小熊球迷这样说,够气魄! 但心里恐怕也会因"山羊诅咒"而毛毛的吧。那位接球不着的小熊球迷,如今成了头号战犯。几年前世界杯,哥伦比亚守门员因乌龙进球,致使晋级失利,回国后竟被球迷枪杀的悲剧,可千万不要再发生呀!

今日另一场战事,红袜以九比六胜洋基,双方三比三平手。两人共得九座赛扬奖,恩怨难数的佩卓·马汀尼兹与"火箭人"克莱门斯这两个死对头,可能做梦也没想到,这一系列战,明天还得碰面一次!

十月十七日　星期五

那是诅咒吗?"贝比鲁斯笑得更开心了!"延长第十局,

洋基再见全垒打六比五气走红袜后,电视镜头照着洋基球场外野鲁斯浮雕头像,主播这样说着。小熊倒了,袜子破了,今年球季到此为止,"世界大赛"就"谢谢,再联络"——今年"最好的球赛"都已结束,不可能再有了!"秋心如海复如潮,但有秋魂不可招。漠漠郁金香在臂,亭亭古玉佩当腰。气寒西北何人剑?声满东南几处箫。斗大明星烂无数,长天一月坠林梢。"(龚自珍《秋心》)就这样 MLB,明年再见!

十月十八日　星期六

延长十局,兄弟象再见安打击败兴农牛,三连霸成功!"恐惧的总和"绽放出美丽的花朵了。

汤姆·美龄·戏

十月十九日　星期日

久未逛重新桥下跳蚤市场,且为了送新书给 Booker,特地起了个大早,以脚踏车载外甥同游。两人且骑且聊,越骑越不够力,终于到达时,却发现桥下空无一摊。经询问方知,因为举办全岛运动会,所以暂停营业。前次"总统"巡视疏洪道,要停业,这次办运动会,也要休息,真不知是何逻辑!感觉倒很有小时候督学一来,所有参考书就要藏起来的味道。然则,这一跳蚤市场也是违法经营的吗?

因为骑车太累,回家后呼呼大睡,醒来已是午后。下午终于将上下两册一千多页,汤姆·克兰西(Tom Clancy)的

《恐惧的总和》读毕。汤姆·克兰西名不虚传,确实是个天才,洞悉国际关系的合纵连横,故事铺陈合情合理,叙述又具悬疑性,读来很是过瘾。他所创造的"美国中情局副局长雷恩博士"这一角色,一如勒·卡雷笔下英国MI5的乔治·史迈利,大约注定要在这一类型小说史上留名长传了。有人称克兰西的小说为"军事小说",这也无妨,不过本质上,还是不脱"推理小说"范畴,只不过场景更加波涛壮阔,所掌握的军事知识更丰富而已。按照日本人的说法,大笔描写历史纵向的小说为"大河小说",那这种大刀横切历史的小说该叫什么呢?"大海小说"吗?

十月二十一日　星期二

本周约会多多。新书《蠹鱼头的旧书店地图》出版后,媒体邀约不断,本来无心于此,但为免矫情之讥,且此书初印纸张不佳,印刷有瑕,作废重印,成本骤增,实在不好不配合宣传,以免出版社血本无归。于是打起精神,准备大大"打书",毕竟俗人,未能免俗,以后就少说什么"拒绝资本主义化"之类的大话了。

夜里翻读陈平原新书《大英博物馆日记》,薄薄百馀页,字行疏阔,图文编排得当,入目格外舒适。此书讲他应邀到伦敦亚非学院访问研究,因值暑假,学生都外出,得免讲学之苦,于是整整一个月,日游夜读,逛书店、访名校、进画廊、寻古迹,以及花最多时间"参观大英博物馆"的经过。文以日记体写成,却属随笔文章,篇篇各有主题,如"见钱眼开与自由演说"、"书籍的艺术"、"《英语集全》与波特兰瓶"、"民俗知识与剑桥故事"、"阅览室的故事"等。娓娓道来,举重若轻;尺幅千里,才识具现,在在证明陈氏确为大陆中生代学者中,最用功也最具学养的一位。"带一卷书,走十里路,选一块清静地,看天、听鸟、读书,倦了时,和身在草绵绵处寻梦去——你能想像更适情更适性的消遣吗?"书中所引徐志摩《我所知道的康桥》的这一段话,恰恰为其心情自道,若是把"十里路"改成"万里路"的话。书当快意读易尽,这是一本!

十月二十二日　星期三

跟着中天书坊出了一整天外景,遍访百城堂、古原轩、人文书舍、茉莉书店、公馆旧书城、古今书廊、旧香居、胡思书店等旧书店,并将新书送达店主手中,略致谢意。因为行程短促,各店特色更见,一边点检一边讲解,言谈匆匆,颇有口误,但也无可奈何了。诸店黉缘重巡一过，已去蠹鱼今又来，写作期间遍访细察的情景，仿佛一一重现。想想，那竟也是一年多前的往事。古今书廊骑楼下的燕子早已归去，再来除非是春天。旧书经卷葬华年，真是一点没错！

十月二十四日　星期五

　　下午到 NEWS98 电台"打书"，方知蒋夫人宋美龄女士今晨于睡梦中过世了，享年一百〇六岁。此一消息，自然没有二十几年前蒋介石风雨交加的戏剧性"驾崩"方式让人震惊。时空转移，物是人非，心中大约就是"终于也走了"的淡淡感觉。大春甚至还开玩笑说："都是前阵子公视播放蒋夫人专辑，提醒了上帝：'原来她还在呀'，所以宠召回去了。"旧时王谢堂前燕，散入寻常百姓家。到了此刻，蒋家王朝人去楼空，凄凉难说，早成事实。民主时代，宽容至上，实在没有打落水狗的必要，但"勇敢的台湾人"政客，决不会放过任何攫夺"口头利益"的机会，果不其然，夜间新闻便有"遗体送回台湾，认同本土"的说法出现了，至于手拿照片猫哭耗子者，更不在话下。名人之死，很难安宁，难的不在于遗产难分，而在于想要剥削其"最后剩馀价值"的人，实在太多了。

张爱玲如此,宋美龄也注定难为葬了。

今天最可笑的是,"政府"发言人说要协助蒋家"善后",老太太福寿全归,既非凶死,也没出乱子,有何好"善后"的?至于最让人难过的,则是在电台碰到一位著名的女记者,高谈阔论"老妖婆这一死"如何如何,听在耳里,厌在心里,直觉"有怎样的媒体,就有怎样的政客",人死为大,这样讲,实在太不厚道了。

因为宋美龄之死,想到她所爱写的"阿嬷牌 LKK 英文",夜里特地找出 Marcus Aurelius 的《沉思录》翻读。这书,蒋夫人在卫斯理时,或者读过,只不知她老年时会否记得这些句子:

"要记取,你已经拖延了多么久,神多少次给你宽限而你并未加以利用。现在可该明白了,你不过是其中一部分的那个宇宙究竟是怎样的一个东西,你不过是赖其放射而始获得生存的那个宇宙之主宰究竟是怎样的一个东西;你的时间是有限期的,如果你不用以照耀你的心灵,时间便要逝去——你也要跟着逝去!——良机一去不可复回。"

然后,拿起另一本书,再翻一段,我于是稍稍能理解,宋美龄坚持不写回忆录的可能原因。"有义人行义,反致灭亡。有恶人行恶,倒享长寿。这都是我在虚度之日中所见过的。不要行义过分,也不要过于自逞智慧,何必自取败亡呢?不要行恶过分,也不要为人愚昧,何必不到期而死呢?你持守这个为美,那个也不要松手,因为敬畏神的人必从这两样出来。"《圣经·传道书》这段话,她一定都娴熟能背了。

十月二十六日　星期日

MLB 世界大赛第六场,马林鱼以二比○击败洋基夺得冠军,成军十年来第二次以"外卡"创造的奇迹。马林鱼会赢,有一大半要感激红袜,老洋基跟红袜打得精疲力尽,再碰到年轻力壮的马林鱼,能撑到第六场,也算是内力深厚了。从另一个角度来看,如果把洋基视为年华老去的"美国队",那么这次马林鱼队所代表的当是如日东升的"外国队"(全队讲西班牙话比美语还流畅多多),胜负象征意义则是"全球化"之下,"中心"逐渐被"边陲"所稀释(或强化?)的趋势。日后的 MLB,本质上,只怕再也不会是"美国的 MLB",而是"世界的 MLB"了。

下午去看戏,吴念真导演编剧,绿光剧团演出的《人间的条件》。戏很简单,却很够力,维持吴念真一贯特色。黄韵玲有令人激赏的演出，几乎让人忘记她的非职业演员／职业歌手、作曲人身份。看舞台剧以来，看过黄乙玲、万芳等歌手演出，都算不错。祖师爷最不赏饭吃的，反而是文化人出身的蔡诗萍，他曾在某剧演出一名黑道大哥，演技只能以"不忍卒睹"四字形容。此剧最后以"千万要平安，千万要坚强，千万要幸福"三句话祝福活在这个岛屿上的人们，很"吴念真"，也很有意思。整出戏让人想起芥川龙之介的一段话：

"为使人生幸福，就得喜爱日常的琐事，云之光、竹之摇曳、群雀之噪鸣、行人之容颜——从这一切日常的琐事里，体味出无上的美味。但要喜爱琐事，便得为琐事而苦恼。我们为了微妙的享乐，也得微妙的受苦。为使人生幸福，就得为琐事而苦恼。"

这出戏的琐事包括槟榔西施、六合彩、绑桩脚、鬼附身、买票、代沟、黑道……亦即"活在台湾，做你自己"所必须忍受的一切琐事。坚强忍受了，你就能得到平安幸福！

伪善·裸体·让

十月二十七日　星期一

　　到了这个时候,谁还会记得? 就算新闻,也只是点缀播出的吧。被"解放"了的伊拉克人民现在如何了? 过着幸福美满的日子吗? 英美联军呢? 凯旋高歌庆荣归了,还是一如预测陷身无底泥淖之中? 世界呢? 战争的威胁种子既除,所以和平无虞了? 我们终于可以高枕无忧了!? 夜里翻读罗伊·古特曼跟大卫·瑞夫合编的《战争的罪行》(*Crimes of War*),内心不禁一阵悲哀,人肉咸咸的时代,死亡至少还有个滋味,后现代消费文化里,真实战争跟虚拟电玩几乎没有两样,看完、打完,没滋没味没感觉,大概也就是几句风凉话,慰情聊胜无:"喔,好可怜! 好可怕!"然后下一个新闻压过来,媒体注意力转移,我们也跟着转台另起舞了——人头落地的重量,再没有什么时候,比现在更加空虚无力了。上个世纪,这本书的序言感喟:

"本世纪即将结束,一切非法行为还是这样地悖谬,人道法和国际人权没有多少进展,无辜的平民是战争的受害者,数量之大乃前所未有;侵犯人权的事件层出不穷也是前所未见。"

进入新世纪,状况依旧,毫无改善。家毁人亡的伊拉克小孩阿里在好心的外国人帮助下装上义肢,也能行走了。但,他会感激吗? 先炸得你家破人亡,手断脚残,再来细心调护、照料你。这是人道,还是伪善!?

十月二十九日　星期三

终于给我等到了! 我每早搭乘的三十九号公车,司机都配有"小蜜蜂"麦克风,以便播报站名。上个月穷极无聊,坐在车上想像可能发生的各种状况,包括行车遇险,司机一不小心,"干"字出口,全车俯首恭聆,或两车交会,我车司机边挥手边高喊:"鸭未困(闽台方言,还没睡)喔,吃饱未?"惊醒一车打瞌睡的乘客。最酷的一种是,全车客满,前门上来一位颤巍巍老太太,司机见状,立刻巡视后视镜,厉声说:"你,左排第三位博爱座,身高一米八,穿西装打领带,正在讲手机的那位少年钦,你坐够了。起来,让阿嬷坐!"有幸看到这种镜头,肯定很过瘾! 今早上班,人不多,刚好坐满满。司机人不错,报站之外,每次转弯还都预告。车行数停之后,站客颇有,有位老先生上车了,我高高坐在最后一排期盼看好戏(已经失望好几次了)。老先生上来后左顾右盼,博爱座红男绿女有正凝望窗外,神游物外者;有闭眼假寐,吐息平顺者;有不顾眼力,用功读书者,就是没有哪一个拿正眼看老先生的。正当老先生认命放弃,两手紧紧环握铁杆时,麦克风传来一阵雄浑男音:"请博爱座的年轻乘客让座给老先生,别让他跌倒了!"语音歇处,全车静默,所有眼光都射往博爱座那几位仁兄仁姊,那几位你看我,我看你,面面相觑好一会儿,终于有一位脸皮较薄的时髦小姐起身……虽然没能看到想像中的精彩画面,虽不中亦不远的也够好玩了,长期沦陷的博爱座终于有人决心光复失土,收归掌控了。下车时,我特别跟司机说了声:"谢谢!"

十月三十日　星期四

收到香港林冠中兄寄赠旧书一批,包括:

一、《金门胜迹》(金门文献委员会,一九七〇年元月初版)

二、李焰生著《汪精卫恋爱史》(万友出版社,一九六一年初版)

三、吴鲁芹著《鸡尾酒会及其他》(友联出版社,一九五八年二月初版)

四、章君谷等著《慈禧与珍妃》(中外文库之八,中外杂志社,一九七四年四月再版)

五、黄俊东著《书话集》(波文书局,一九七三年)

六、丁国成等著《中国作家笔名探源》(时代文艺出版社,一九八六年十月)

七、张恨水著《秘密谷》(百新书店,一九四九年三月八版)

这批书,本本品相完好,难得能得,真是不容易。尤其吴鲁芹先生的友联版《鸡尾酒会及其他》,更叫人振奋。盖手边所收吴鲁芹先生作品,中文部分,各种版本大体俱全,再增此一册,更见完整,得无乐乎?九七年冲浪网路以来,挣得世间浮名不少,深里看去,大多吠声吠影,实不足惜。独有贪缘结识两岸三地许多书人同好,闲聊鬼扯,倾心互吐,最是让人陶醉。日后有机会,一定要学《李敖快意恩仇录》,把所有一饭之恩的朋友列举出来,以发潜德之幽光,标古风之不远哩。呵呵。

十一月一日　星期六

　　没有棒球比赛的周末,很无聊的周末。亚洲杯棒球赛,今年最后的焰火,要到下周三上午才施放,偏偏当日上午还有个非露脸不可的会议,想来就有气! 我能肚子痛吗? 我会肚子痛吗? 小学生的想像像蛇一样又溜了出来。到时候再说吧! 无聊先读书,读什么呢? 读九月号的《万象》。

　　Vincent Bethel 老爱在伦敦趴趴走,有时候是公园,有时候是车站,有时候就在 Piccadilly Circus,或,嗯,国家画廊,每次他一出现,总有老太太瞪大眼睛或双手掩面,带着孩子的路过妈妈快步急闪,边走边碎碎念。有人吹口哨,有人叫好,有人开骂,总之,就是有点乱! 他没病,也不脏,问题都出在,他不肯穿衣服,总是一丝不挂,吊儿郎当的! 他说,他那话儿太小了,为了克服恐惧,所以要脱光衣服,如果别人不在乎,自己也就不害怕了;他说,他要争取"做你自己的自由"(the Freedom to be Yourself),他要大家"接受人类皮肤"! 日子一天天过去,Bethel 一次又一次趴趴走。警察抓他却懒得理他,总是抓了就放,放了再抓,过尽千帆不起浪。姥姥不疼舅舅不爱,没有报纸采访遑论电视 SNG,Bethel 真的火大了,最后选在警察总署前激情演出，爬上电线杆，大声呼喊。这次总算被逮捕还被起诉了。为了坚持理念，Bethel 裸体抗议，裸体入狱，裸体坐牢。八月、九月、十月，北风吹来，Bethel 冷得批批锉（闽台方言，发抖），他还是不屈服，他还是吊儿郎当！十一月开庭时，没人能说服他穿上衣服，寒风吹来，Bethel 冻得发青，那话儿更小了。他说，拖这么久才开庭，有阴谋，警察想用冷空气摧毁他的意志，他才不屈服呢。Bethel 光溜溜进入法庭，英国史上第一人。法官特别警告，陪审团女士别过头去。背面无妨，正面不雅！最后，陪审团判他无罪，当庭开释。Bethel 争取到了不穿衣服的自由。于是，他在法庭外，在冷飕飕的北风中召开户外裸体记者会，他一边打哆嗦一边说：裸体出庭，就是"做你自己的自由"的胜利。他终于赢了！接下来几个月是冬天，他会穿上衣服，但这并不代表他放弃了对"人类皮肤"的追求。

文章是恺蒂写的，我最喜欢的散文作家之一，题目叫《英国人怕冷不怕羞》，她写很多，我转述很少，边转述边想到 TVBS 那句"活在台湾，做你自己"，以及一个所有人也都白花花趴趴走的台湾。没有棒球比赛的周末真无聊，是呀，真的很无聊！！

无憾・友情・拼

十一月八日　星期六

这一周里，两件事让我无法正常写作，包括日记。梁任公爱读书也爱打麻将，时人有云：只有读书能让他忘了打麻将，只有打麻将能让他忘了读书。棒球之于我，大约也是如此吧。只有看书能让我忘了看棒球，只有看棒球能让我忘了看书。这周忙的两件事当然与此相关。亚洲杯棒球锦标赛决赛开打，四队单循环，前二名得参加明年雅典奥运，中华队精锐尽出，自忖实力，目标设定第二名，也就是："敲昏中国队，力克韩国队，应付日本队！"

论棒球，中国队自非台湾对手，于是五日上午的中韩大

248

战变成生死决战。偏偏不巧,当日有大陆客人到访,且惨遭指名敬陪末座,跑都跑不掉。本以为十一点左右,客人应已离去,谁知"牵拖"连连,送出大门,已是正午时分。此时战况正热,中华队落后苦追,吾人心急如焚,却苦无电视可看,想了几个地方,都不是好场所(总不能叫一碗牛肉面吃三个小时的啦,站在大卖场看一下午球目标太明显了),最后只得认命上网看(文字)转播,但全台湾同作此想的"劳动界好朋友"确实够多,网站大塞车,下载奇慢,有一搭没一搭的。但没鱼虾也好,也只有认了。八局下,中华队留下残垒,没能抢平,心里阴影浮现。楼上柜台来电有我快递,理都不想理它!

九局下,中华队追平,死里逢生,宛如逢赦死囚。利用攻守交换,上楼"放风"兼取物,谁知一进六楼门市,满满一堆人在看电视。踏破铁鞋无觅处,原来六楼数位讲堂那个大得不像话,我一直以为又是老板买回的什么高科技新碗糕,就是几十吋高传真直角电视,哇塞,真是历历在目,几乎亲临现场了,一面惋惜少看了几局好球,一面打定主意,就算正在开会的老板出现,我也要厚着脸皮视若无睹,纹风不动。果不其然,十局上,老板从会议室探出头来,问了一句:"赢了没?"大家头都没回,异口同声答曰:"快了!"他又缩身回去了。原来如此,人在曹营心在汉,他也是不自由人,那,我的心情他了解,放心看下去了! 呵呵。

十局下,高志纲打出再见安打,中华队逆转获胜,全场欢声雷动,老板又跑了出来,满面笑容,一起鼓掌叫好。大家随即匆匆作鸟兽散,各忙各的公事去了。下楼后,好几名同事埋怨我,"好康"没"到相报",让他们没看到精彩镜头。原来刚才获胜时,几十个人一起跺地,楼下以为地震出事,打电话上去问过真相,才知没凑上热闹,正在懊悔之中。

中韩之战喜从天降,中日之战悲从中来(原来彼此水准还差这么多),两岸之战苦中求胜。大约是第一场打得太精彩了,大家过度期望转失望,许多人认为表现不如预期,但原来所预期就是"拿第二名,雅典再相逢",目标不是达成了吗? 就算缺点暴露,那也刚好趁机整顿,这样不是很好吗? 大约球迷之心,一如选民,很难捉摸的。今年棒球,真正结束了。对于棒球,我还能有什么遗憾,给了我这么多欢乐跟难过。呵呵。

本周另一件大事,筹划大半年,道假诸缘,复需时熟的"二〇〇三书本有情·珍品图书义卖"终于到临门一脚的时刻了。这次多亏茉莉书店老板娘姊妹相助,出钱出力从北京搬回大批旧书,兴文兄赴义恐后,把这二年公暇在北京搜罗的不少珍贵书籍也都一一让捐,无钱也无(眼)力如我者,只好尽量协调宣传、网页制作,以及最要紧的,为每本书写个评注了。仔细算算,一百本书,每本至少写二百个字,那是二万字,而且需在下周五之前,全数赶出,这真是一项大考验,做了过河卒子,只得拼命向前! 这义卖,原本预定昨日开始,因为《1421:中国发现世界》作者孟西士来访,企划部忙不过,而延后到十四日,时当父亲二周年忌日前夕,发愿做功德,更具意义,父亲有灵,我当然可以准时交卷,顺利完成任务!

十一月九日　星期日

今昨两日,都进办公室加班,方才发现,加班的人可真多,编辑工作,有事则长,无事则短,弹性极大,流传在出版界的名言是:"陪作者喝咖啡是编辑的天职!"听来很悠哉惬意,隐藏在背后的则是:"为出书而加班是编辑的宿命!"这一句,个中辛酸,即为家家都有的那本难念的经,实不足为外人道也。

两天进度不太好,仅写完二十五本而已。太久没写了,笔下有些生涩。写评注,需得一语道破该书特色、版本重点,却也不能回避缺失,写轻成了广告词,写重则又乏人问津,分寸拿捏,遂成为最困难的部分。试了又试,直到二十本后方才驾轻就熟,昔日笔气如涌的感觉,终于又恢复了,真是万幸!

夜里翻读张伯驹《素月楼联话》,载有吴兰雪赠林芗溪联云:"酒不能豪偏爱客,米犹难索更藏书。"不知为何,一下子便想到陈后山"书当快意读易尽,客有可人期不来",以及吴梅村"不好诣人贪客过,惯迟作答爱书来"的句子,大约都是以客以书(吴梅村的"书"当然不是"书籍")为题,却又"极风人之致"的缘故吧!?

十一月十三日 星期四

从星期一到今日,除了赶写活动新闻稿及评注,还得应付记者朋友的询问、拨空到电台受访,加上明日记者会压力,(下午同时有三场记者会!)今天终于摇摇欲坠,似将病倒,很有油尽灯枯、力不从心的感觉,同事说笑:金顶电池也会不够用哩。

晚上继续加班到十点,剩下十一本评注还未写,有些担心着,但实在乏力,也只好明天赶早来写了。一路心事重重,半睡半醒,突然发觉捷运车窗外红绿灯光闪烁,树影幢幢,睁眼辨明,原来坐过站,到了"圆山"。急忙起身,出得车来,车去人散,月台冷清,只剩下自己一人。夜暗中星光淡无,感觉很有些冷,秋,真的深了。

　　望着向远处穿去终至消失黑暗尽头的铁轨,无来由地想起了父亲,一别竟然已经两年了,好快呀,想起他病中受苦度日如年的景象,但愿如今活在另一个世界里的他一切都安适顺意呀。只不过很难相信的是,两年的时间里,时不时都要思念万分的人,梦中竟然也只见了两次。"八成喝酒喝忘了!"姊姊曾如此说笑慰解我。想到她这话,想到父亲生前醉酒唱歌的模样,我不禁笑了出来,脸上感觉有些冷,摸摸,湿了,大概又掉泪了吧!淡水列车来时,我在车上,一边望着由亮而暗渐渐转入地下的窗外,一边轻轻哼着"爱你入骨",父亲最爱唱的这首歌……然后,便知道了,明天我一定会准时写完评注,一切都不会有问题的!

十一月十四日　星期五

　　"二〇〇三书本有情·珍品图书义卖"准时起跑,预计在七天之中拍卖一百本珍品图书,所得全数捐赠阳光基金会——二万五千四百三十四字,终于及时写完了,虽然一定很多错别字。呵呵。

晚上,为了犒慰自己,开始读我最爱的米涅·渥特丝(Minette Walters)最新中文译作《狐狸不祥》(*Fox Evil*),为了义卖活动,耽搁将近三个礼拜了。

签名·橄榄·妖

十一月十五日　星期六

昨日友人一语,让我今早踌躇半天。"签名会,你总应该穿正式点吧!"为了感谢茉莉书店此次出钱出力支持义卖,也顺便跟好久不见的许多朋友晤面,下午于茉莉书店举行《蠹鱼头的旧书店地图》签名会,在旧书店举办这种活动,大约也是台湾第一次吧。旧书店内容不变,经营方式与空间规格逐渐向新书店看齐,台湾旧书业生机当可由此略窥端倪。

最后决定依然故我,还是穿着运动衫出席,以免让人认不出来了。下午前后大约签了七八十本书,幸好不算太多,得以在每本书上写上几句话,略表谢忱。要不,特地跑一趟,换得一个名字三个字,那实在太说不过去了。最开心的是,许多网路上的旧朋新友纷纷现身与会,边写边聊,越签越有趣。活动从两点半起,四点过后,人群已逐渐散去,没想到一位诚品书店的友人受大陆朋友嘱托,特别带了两本书来赴会,真是叫人感动!

夜里翻读《沉思录》,此段让人有省:

"抛弃一切其他的东西,只把握住这些个吧,虽然只有这么几个;要记取,人的生命只是目前这一段时间:其馀的不是业已过去,便是可能永不会来。人生实在渺小极了,他所生存的地方只是地上小小的一个角落,就是那垂诸久远的身世之誉也是微末不足道,那只是靠一些可怜的人们辗转传述,他们自己也要很快地死去,他们未必能认识他们自己,更何况老早以前死去的人。"

十一月十六日 星期日

相隔近月,今日再游重新桥下跳蚤市场。昨日签名会,与 Booker 及友人相约看书。朝晨有雨,所以晚至,没想到友人已先一步离开了。Booker 拿出前时所收的旧书,尤其廖汉臣先生家中所散出，吴新荣琅山房家刻本之《忘忧洞天诗集》、《震瀛追思录》、《震瀛回忆录》、《震瀛采访录》等，诸书闻名已久，终得一见，尤其是藏书票与藏书章，真是眼福！

近日夤缘随收光复后旧诗集，略观彼时本省、外省士绅文人交游状况，以见省籍互动状况。吴新荣先生为台南佳里名医，也是日治台湾新文学要角，盐分地带文风不衰，与有分焉。他的父亲吴萱草先生同为士绅文人，《忘忧洞天诗集》自有可观之处，乃与 Booker 商借归观。临去前，冷摊闲看一过，没想到又买到同为日治士绅，因煤矿业起家的瑞芳李建兴先生诗集《绍唐诗存》，今日可说书缘殊胜矣。

夜里翻看两先生诗集，诗不甚高明，却朴实率真，趣味自见，如"每遇蕃人笑口开，欣欣额手去犹来；问余不速来何事？答以专工买木材"（吴萱草《蕃社路上》）、"日人全部要离开，父老公推我上台。甲午战争清割去，中华胜利始归来"（李建兴《初任公仆》）都是。前辈台湾诗人中，目前个人所见，论功力，还属陈逢源先生最胜，两卷《溪山烟雨楼诗存》，饶有子美意味，如《中秋夜独宿山庄》："孤怀自赏少知音，常道难名意更深。时向史书寻得失，久从人海看浮沉。秋当月下平分色，老惜灯前一寸阴。佳节只馀诗思淡，廿年何处觅童心?"陈李两先生都曾任台湾省议员,诗酒风流,格局自成。数十载以下,且从人海看浮沉,如今的台湾议员,竟然只能叫骂"王八蛋"、"母狗"、"菜店查某"了。悲哉哀哉!

十一月十九日　星期三

下午应友人邀请,至诚品敦南店为新旧二书签名,以为销售招徕。原本计划各签一百本,被我削减为各五十本,以免滞销拖累书店。最后实际只各签了三十本,原因是久未笔写,手酸难耐,越写越像鬼画符,急忙喊停避丑。其后,边喝咖啡边与诚品几位新识友人闲聊,谈及书评、阅读版、网路讨论区种种,都见用心之处。诚品早年风格,向以"懂书的卖书人"为人所津津乐道,近年此风稍戢,今日晤谈,浸浸然又见古风,真是值得高兴的事。

晚上翻读下午所购,京极夏彦导读、多田克己解说,幕末明治时期天才画师河锅晓斋之《晓斋妖怪百景》(国书刊行会),日文自然是不懂的,只能半看半猜,但因晓斋妖怪图实在画得生动,且看且猜,竟也趣味盎然。晓斋画风大约介于较工笔的"浮世绘"与较简略的"漫画"之间,笔触多致,神情宛然,几幅"幽灵图"画得阴风凄惨,直觉今日风行一方的

"鬼太郎",当曾受其影响。

十一月二十一日　星期五

夜间与友人聚餐,其中一人甫自意大利归来度假,由于明年台北国际书展以意大利为主题国,乃恭聆其来自现场的报道,感觉很有趣的两件事是:

一、美国最大文学奖是"全国书奖",英国是"布克奖"(Booker),都跟书有关,意大利的叫什么?"巫婆奖"!跟法国童话大赏"巫婆奖"如出一辙,难免让人联想到,其中又有什么缘故吗?因为意大利人把"梅毒"称为"法国人病"。难道法国人为了损意大利人,所以把童书奖也叫"巫婆奖",好嘲讽意大利人"你们的大人,等于我们的小孩"?呵呵。

二、意大利人会说故事,人人都知道。但意大利读书风气、出版业都不算发达,原因是意大利口述文学传统还在,一般民众宁愿看舞台剧,不愿看书、读剧本。大体而言,意大利人休闲娱乐看戏第一,唱歌跳舞第二,电影电视第三,阅读往往聊备一格。书店里的出版品,好的多半是翻译书。卡尔维诺、艾科虽然名满天下,一般意大利人也几乎不知不读。

"书本有情"网路义卖圆满落幕,谢天谢地谢众生!

十一月二十二日　星期六

寒流来袭,闭户不出。读黛博拉·海顿的《天才、狂人与死亡之谜》与汤姆·克兰西《猎杀红色十月号》,悠哉自适,很久没这样逍遥了。

傍晚看世界杯橄榄球赛,澳洲对英格兰冠军决战,英格兰在延长加赛最后一分半钟,在乱军中"碰踢"进了不可思议的一球,获得最后胜利,精彩绝伦。橄榄球是全世界唯一"向后传进攻"的球种,每次观看,总会想起禅家所说"退步原来是向前"这句话。台湾橄榄球风气颇盛,号称"真正男子汉的球赛",跟棒球一样,都是日本人遗留下来的。记得母校政大也有一支橄榄球队,在就读的三年时间里,我曾特别注意,一场都没赢过,常被陆官、台大痛宰四五十分以上,却不屈不挠,黄昏时总在堤防外追逐擒抱,呐喊操练,很是"男子汉"。不晓得现在还存在否。

鲁迅·京雪·忆

十二月六日　星期六

　　有一位长辈不无感慨地说过："每次从大陆回来,就告诉自己,下次再也不要去了。但过了一段时间,却又有些怀念,人家来找,便又兴致勃勃跑去了。"中国大陆是神秘的,因为神秘,所以有魅力,加上其他林林总总文化渊源,语言、文字的便利,所以让台湾人格外难拒绝吧,尤其当你身肩公务理当一去的时候。

　　今天,台北温度摄氏二十度左右,北京零下二度,温差二十二度。五天之前,宿疾痛风刚刚发作,右脚犹然隐隐作痛。背上一部 IBM ThinkPad,手拉二十多公斤的书籍衣物,上午十点出发,七个小时之后,我将再度拜访北京,零下二度,会有多冷?雪会下来吗?谁也不知道。我一路读着纪思道跟伍洁芳合写的《东方惊雷》而去!

下午五点,北京踏在脚下。天已黑,旅人疲惫了。天气没有想像中的冷,因为干燥,冷得甚至有些飒爽,摘下毛线帽,冻一分钟,足可让精神再度振奋,但再多就要僵了。今夜睡在平常只在电视上看到,那种弯曲状暖气管边的小床上,虽然是在室内,空气还是有种冷凝的感觉,暖气管所发出的热气,透过棉被、毯子,感觉格外温暖。干燥的寒冷冬天是好的,只除了半夜里会因口渴而醒,以及最要命的上厕所。然后,你渐渐会明白,"虎子"理当是温带地区的发明,风雪夜眠人的宝物。"虎子"者,夜壶也。但,大陆有个摇滚歌手也叫虎子。暗夜里,胡思乱想,慢慢睡去,台湾,大约也都睡去了⋯⋯

十二月七日 星期日

晨起迟迟,阳光普照。从南方来的人,多半会迷惑,为什么阳光这么大,天气还是很冷?尤其一起风,冷得就要僵了。明天起肯定会忙,今早抽空到琉璃厂一趟,帮正在学书法的外甥买个砚台跟墨。在台北，如今小孩学写毛笔字，多半都用调好的墨汁，虽然方便，却少掉磨墨的功夫，大姊认为这样不行，临行特别交代，一定要找个砚、墨回去。

琉璃厂砚墨多有，五分钟解决。其他时间便与友人闲逛邃雅斋（还没拆，但就快了）、海王村、文化遗产书店、古籍书店等。共同的感觉是，旧书价格腾贵，简直到了不像话的地步。随便一本三十年的书，既非名著，品相也不好，要价却都在人民币五十元以上。古籍书店新收回一批书中，有上海世界书局早年所出汤显祖的《牡丹亭》、阮大铖的《燕子笺》合编本，因其仿宋字体娟秀俊雅，版式不俗，虽然家中已有，还是心动不已。谁知翻看书背定价，竟然要一百三十元，当下为之气结。掷书而出，吃炸酱面去也！

下午，到闻名已久，却始终缘悭一游的鲁迅博物馆闲逛。拐进胡同时，同行友人指着路旁一排老旧四合院青瓦屋顶说："你现在所看的屋顶，正是鲁迅的眼睛也曾看过的。"言下一股浓浓的历史感油然而生。但不过百步之遥，随即被鲁迅博物馆门口旁红花花的"鲁博大酒家"招牌给拉回现实了。商潮汹涌，攘利恐后。博物馆也外包开酒家，这肯定是鲁迅的眼睛看都没看过的。

鲁博无甚可观,让我感兴趣的是鲁迅故居,小巧得可爱的四合院,著名的"老虎尾巴",鲁迅手植的丁香树,后院的老井,朴素的厅堂,这个可错不了,绝对是鲁迅住过好一段时间的老屋旧宅了。另一位友人对着茅房打趣说:"去吧,上一下!想想,你现在所上的茅房,正是鲁迅也曾上过不知多少次的咧。"大家一阵欢笑,抬头刚好看到一株高大的枣树,莫非这就是"在我的后园,可以看见墙外有两株树,一株是枣树,还有一株也是枣树"的那株枣树,那,另外一株呢?众人四下张望,却怎么也找不着了。死生有命,树犹如此,人何以堪?再过几十年,也许连鲁迅都要没人识得了。

　　在"鲁博书店"买到俞平伯的诗集《忆》复刻本,巴掌大的小书,俞平伯的诗,丰子恺的画,线装木刻水印,卷端引龚定庵"瓶花帖妥炉香定,觅我童心廿六年"句,清新可喜,耐人寻味。此书原刊于二十年代,早经散绝。九十年代,夏宗禹先生仿原样复刻,几如再版,流传一时。如今夏先生也归道山,这书,大约就此广陵散绝,能忆难觅了。

十二月十日　星期三

　　连着几天拜会并处理相关公务,几无馀暇思索写作,台湾、上海追踪而至的稿子,大约又要挤回台湾,成了"未完成的寒假作业"了。这二日,始终萦念故去的温世仁先生。我与他素不相识,更无面缘。关于他的许多事,都是从亲炙过的友人口中,加上年中SARS肆虐期间,亲见他急公好义,出钱出力赈灾救济而知的。台湾的富豪阶层,级别多多,不仁者所在多有。九十年代新近加入的"IT新贵",无疑是较为清新可人的一群,虽然学理工出身,却常对文化有所憧憬,(或幻想?)往往大把银子拿出来投资文化产业,温世仁之于明日工作室、未来书城,童子贤之于诚品书店,即是最明显的例子。但老天爷似乎都不甚帮忙,投资没赚钱也就算了,如今,无常的天道,连善人也不让他多寿,要说公平,这也实在太不公平了。

早上,坐在窗前想着温先生遽逝这事,天渐渐亮起,忽然见到,不知何时,窗外竟下起雪来了,初时极细,若非风吹飘摇,几乎看不见,后来渐落渐大,内院屋瓦、树枝,渐渐积出薄薄一层了。昨天冷极,想来即是在"凝雪"吧。早晨出门,雪还下着,落到肩上,伸手挥弹,有一种奇妙感觉,仿佛自己也成了电影中的人物了。长巷远处有一红衣女子抖擞而行,歌声依稀,颇见北地胭脂气概,跟戴望舒江南《雨巷》女子恰成对比。夜里，凑句成诗，题曰《京雪》：

京雪初落
我还沉沉睡着
静静着地之后
就清醒了

白墙胡同有光
是早起的
细碎银铃歌语

披挂在枯槐枝丫
雪白挥落而下
挺身而走
无须油纸伞
没有了丁香
红彤彤素裹一身的
正是党的好女儿

后　记

　　二〇〇二年,岁次壬午,我四十二岁。前一年初冬,中风多年,辗转病榻的父亲过世了。人子哀痛难已的我离开了出版社,寻找疗伤的处方。一年多的时间里,走了一些地方,看了许多书。更多的时间是在网路上与新旧友人聊天谈书。

　　彼时某出版社新成立的网站希望我能为他们写些东西,因系好友所托,不容推辞,我便写起了所谓的"书人公听日记",每周一篇,有事则长,无事跳过。当时定义:

　　"书人者,以书维生之人也。醒即抓书,如厕读书,等车看书,上班编书,下班买书,灯下找书翻书写书……因其事事皆书,故不能不有所感,闲闲记去,不求其专,不忌人窥,是为'公听日记'。"

写了将近一年之后，重回出版岗位，事情忙乱，无以为继，遂停了下来。这些文章，也一直挂在网路上，冷冷清清孤伶伶的。

没想到，八年之后，因李长声大哥推介，竟有了出版机会。回头重读，当时不甚明白的事，现在稍微清楚了。书写是一种治疗，古人所谓"此人皆意有所郁结，不得通其道，故述往事，思来者"，大抵即是。因无路可走了，乃以"述"、以"思"，为云水行脚之所据。圣贤成其大，不肖者获其小，要皆一也。此或不肖如此书尚有值得一翻之所在也。付梓前夕，赘言一二，用表世缘种种，并对长声大哥暨编辑诸君略表谢忱。是为之记。

傅月庵　二○一○年岁暮于台北基隆河畔头湖厝